6892 1179 0606 0847

NewWorld Online STATUS

GUILD 楓の木

NAME サリー Sally

LV 60

HP 32/32 MP 130/130

PROFILE

絶対回避の暗殺者

メイプルの親友であり相棒である、しっかり者の少女。友達思いで、メイプルと一緒にゲームを楽しむことを心がけている。軽装の短剣二刀流をバトルスタイルとし、驚異的な集中力とプレイヤースキルで、あらゆる攻撃を回避する。

STATUS

STR 125 VIT 000 AGI 170

DEX 045 INT 060

EQUIPMENT

深海のダガー / 水底のダガー

水面のマフラー skill 蜃気楼

大海のコート skill 大海

大海の衣 / 死者の足 skill 黄泉への一歩

絆の架け橋

SKILL

「疾風斬り」「ディフェンスブレイ

「ダウンアタック」「パワーアタッ

「連撃剣V」「体術Ⅷ」「火魔法 法Ⅲ」「光魔法Ⅲ」

「筋力強化大」「連撃強化大」

「MP強化中」「MPカット中」「MP回復速度強化中」「毒耐性 化小」

「短剣の心得X」「魔法の心得Ⅲ」

「状態異常攻撃Ⅷ」「気配遮断Ⅲ」「気配察知Ⅱ」「しのび足Ⅰ」「跳躍Ⅴ」「クイックチェンジ」

「料理Ⅰ」「釣り」「水泳X」「潜水X」「毛刈り」

「超加速」「古代ノ海」「追刃」「器用貧乏」「剣ノ舞」「空蝉」「糸使いⅦ」「氷柱」「氷結領域」

「冥界の縁」「大噴火」「水操術Ⅳ」

JN055181

TAME MONSTER

Name 朧 多彩なスキルで敵を翻弄する狐のモンスター

「瞬影」「影分身」「拘束結界」 etc.

ll points are divided to VIT. Because a painful one isn't li

Welcome to "NewWorld Online

0557 4654 3729 1094

NewWorld Online STATUS　GUILD 楓の木

NAME クロム　Kuromu　Lv 80

HP 940/940　MP 52/52

PROFILE

不撓不屈のゾンビ盾

NewWorld Onlineで古くから名の知られた上位プレイヤー。面倒見がよく頼りになる兄貴分。メイプルと同じ大盾使いで、どんな攻撃にも50%の確率でHP1を残して耐えられるユニーク装備を持ち、豊富な回復スキルも相まってしぶとく戦線を維持する。

STATUS

STR 135　VIT 175　AGI 040

DEX 030　INT 020

EQUIPMENT

- 首落とし skill 命喰らい
- 怨霊の壁 skill 吸魂
- 血塗れ髑髏 skill 魂喰らい
- 血染めの白鎧 skill デッド・オア・アライブ
- 頑健の指輪
- 鉄壁の指輪
- 絆の架け橋

SKILL

【刺突】【属性剣】【シールドアタック】【体捌き】【攻撃逸らし】【大防御】【挑発】

【鉄壁体制】

【防壁】【アイアンボディ】【ヘビーボディ】

【HP強化大】【HP回復速度強化大】【MP強化中】【深緑の加護】

【大盾の心得X】【防御の心得X】【カバームーブX】【カバー】【ピアースガード】【カウンター】

【ガードオーラ】【防御陣形】【守護の力】【大盾の極意Ⅶ】【防御の極意Ⅵ】

【毒無効】【麻痺無効】【スタン無効】【睡眠無効】【氷結無効】【炎上耐性大】

【採掘Ⅳ】【採取Ⅶ】【毛刈り】

【精霊の光】【不屈の守護者】【バトルヒーリング】【死霊の泥】【結晶化】【活性化】

TAME MONSTER

Name ネクロ　身に纏うことで真価を発揮する鎧型モンスター

【幽鎧装着《アーマード》】【衝撃反射】 etc.

oints are divided to VIT. Because a painful one isn't liked

elcome to "NewWorld Online"

1121 6511 1627 4925

NewWorld Online STATUS

GUILD 楓の木

NAME イズ Iz

Lv 66

HP 100/100 MP 100/100

PROFILE

超一流の生産職

モノづくりに強いこだわりとプライドを持つ生産特化型プレイヤー。ゲームで思い通りに服、武器、鎧、アイテムなどを作れることに魅力を感じている。戦闘には極力関わらないスタイルだったが、最近は攻撃や支援をアイテムで担当することも。

STATUS

STR 045 VIT 020 AGI 080

DEX 210 INT 080

EQUIPMENT

- 鍛冶屋のハンマー・X
- 錬金術士のゴーグル skill 天邪鬼な錬金術
- 錬金術士のロングコート skill 魔法工房
- 鍛冶屋のレギンス・X
- 錬金術士のブーツ skill 新境地
- ポーションポーチ
- アイテムポーチ
- 絆の架け橋

SKILL

ストライク

生産の心得X 生産の極意X

強化成功率強化大 採取速度強化大 採掘速度強化大

生産個数増加大 生産速度強化大

状態異常攻撃Ⅲ しのび足Ⅴ 遠見

鍛治X 裁縫X 栽培X 調合X 加工X 料理X 採掘X 採取X 水泳Ⅵ 潜水Ⅶ

毛刈り

鍛治神の加護X 観察眼 特性付与Ⅳ 植物学 鉱物学

TAME MONSTER

Name フェイ アイテム製作をサポートする精霊

アイテム強化 リサイクル etc.

ll points are divided to VIT. Because a painful one isn't li

Welcome to "NewWorld Online

2128 0779 2864 5999

NewWorld Online STATUS

GUILD 楓の木

NAME カスミ Kasumi LV 76

HP 435/435 MP 70/70

PROFILE

孤高のソードダンサー

ソロプレイヤーとしても高い実力を持つ刀使いの女性プレイヤー。一歩引いて物事を考えられる落ち着いた性格で、メイプル・サリーの規格外コンビにはいつも驚かされている。戦局に応じて様々な刀スキルを繰り出しながら戦う。

STATUS

STR 205 VIT 080 AGI 090

DEX 030 INT 030

EQUIPMENT

身喰らいの妖刀・紫 / 桜色の髪留め / 桜の衣 / 今紫の袴 / 侍の脛当 / 侍の手甲 / 金の帯留め / 絆の架け橋 / 桜の紋章

SKILL

一閃 / 兜割り / ガードブレイク / 斬り払い / 見切り / 鼓舞 / 攻撃体制

刀術X / 一刀両断 / 投擲 / パワーオーラ / 鎧斬り

HP強化大 / MP強化中 / 攻撃強化中 / 毒無効 / 麻痺無効 / スタン耐性大 / 睡眠耐性大

氷結耐性中 / 炎上耐性大

長剣の心得X / 刀の心得X / 長剣の極意V / 刀の極意Ⅶ

採掘Ⅳ / 採取Ⅵ / 潜水Ⅴ / 水泳Ⅵ / 跳躍Ⅶ / 毛刈り

遠見 / 不屈 / 剣気 / 勇猛 / 怪力 / 超加速 / 常在戦場 / 心眼

TAME MONSTER

Name ハク 霧の中からの奇襲を得意とする白蛇

超巨大化 / 麻痺毒 etc.

oints are divided to VIT. Because a painful one isn't liked

elcome to "NewWorld Online"

3030 8825 2743 3535

NewWorld Online STATUS

GUILD 楓の木

NAME カナデ Kanade

LV 52

HP 335/335 MP 250/250

PROFILE

気まぐれな天才魔術師

中性的な容姿の、ずば抜けた記憶力を持つ天才プレイヤー。その頭脳ゆえ人付き合いを避けるタイプだったが、無邪気なメイプルとは打ち解け仲良くなる。様々な魔法を事前に魔導書としてストックしておくことができる。

STATUS

STR 015 VIT 010 AGI 090

DEX 050 INT 110

EQUIPMENT

神々の叡智 skill 神界書庫

ダイヤのキャスケット・Ⅷ

知恵のコート・Ⅵ 知恵のレギンス・Ⅷ

知恵のブーツ・Ⅵ

スペードのイヤリング

魔道士のグローブ 絆の架け橋

SKILL

魔法の心得Ⅷ 高速詠唱

MP強化中 MPカット中 MP回復速度強化大 魔法威力強化中 深緑の加護

火魔法Ⅶ 水魔法Ⅴ 風魔法Ⅶ 土魔法Ⅴ 闇魔法Ⅲ 光魔法Ⅶ

魔導書庫 死霊の泥

魔法融合

TAME MONSTER

Name ソウ プレイヤーの能力をコピーできるスライム

擬態 分裂 etc.

All points are divided to VIT. Because a painful one isn't li

Welcome to "NewWorld Online

5615 1896 1080 8803

NewWorld Online STATUS

GUILD 楓の木

NAME マイ　Mai

Lv 48

HP 35/35　MP 20/20

PROFILE

双子の侵略者

メイプルがスカウトした双子の攻撃極振り初心者プレイヤーの片割れ。ユイの姉で、皆の役に立てるように精一杯頑張っている。ゲーム内最高峰の攻撃力を持ち、近距離の敵なら二刀流のハンマーで粉砕する。

STATUS

STR 490　VIT 000　AGI 000

DEX 000　INT 000

EQUIPMENT

- 破壊の黒槌・X
- ブラックドールドレス・X
- ブラックドールタイツ・X
- ブラックドールシューズ・X
- 小さなリボン
- シルクグローブ
- 絆の架け橋

SKILL

「ダブルスタンプ」「ダブルインパクト」「ダブルストライク」

「攻撃強化大」「大槌の心得X」

「投擲」「飛撃」

「侵略者」「破壊王」「大物喰らい《ジャイアントキリング》」「決戦仕様《デストロイモード》」

TAME MONSTER

Name ツキミ　黒い毛並みが特徴の熊のモンスター

「パワーシェア」「ブライトスター」etc.

Points are divided to VIT. Because a painful one isn't liked

Welcome to "NewWorld Online"

5272 0557 2241 2738

NewWorld Online STATUS

GUILD 楓の木

NAME ユイ Yui

LV 48

HP 35/35 MP 20/20

PROFILE

双子の破壊王

メイプルがスカウトした双子の攻撃極振り初心者プレイヤーの片割れ。マイの妹で、マイよりも前向きで立ち直りが早い。ゲーム内最高峰の攻撃力を持ち、遠距離の敵ならイズお手製の鉄球を投げて粉砕する。

STATUS

[STR] 490 [VIT] 000 [AGI] 000

[DEX] 000 [INT] 000

EQUIPMENT

- 破壊の白槌・X
- ホワイトドールドレス・X
- ホワイトドールタイツ・X
- ホワイトドールシューズ・X
- 小さなリボン
- シルクグローブ
- 絆の架け橋

SKILL

「ダブルスタンプ」「ダブルインパクト」「ダブルストライク」

「攻撃強化大」「大槌の心得X」

「投擲」「飛撃」

「侵略者」「破壊王」「大物喰らい《ジャイアントキリング》」「決戦仕様《デストロイモード》」

TAME MONSTER

Name ユキミ 白い毛並みが特徴の熊のモンスター

「パワーシェア」「ブライトスター」 etc.

ll points are divided to VIT. Because a painful one isn't li

Welcome to "NewWorld Online

NewWorld Online STATUS ‖GUILD 集う聖剣

OUTLINE

名実ともにNo.1の最強ギルド

トップクラスの実力を備えたプレイヤーたちが揃った大規模ギルドで、第四回イベントのギルド対抗戦では堂々の一位を獲得した。階層攻略の最前線に立ち、プレイヤーたちからも一目置かれている。

Guild Member

NAME ペイン

第一回イベントで一位を取ってから、今もなお最高峰の実力を維持し続けているトッププレイヤー。第四回イベントではその攻撃力からメイプルをあと一歩のところまで追いつめた。

TAME MONSTER

Name **レイ** 銀の鱗を持つドラゴン

NAME ドレッド

【神速】の異名を持つスピードタイプの短剣使い。第一回イベントでは二位であり、サリーと同様に素早い動きで敵を翻弄しながら戦う。

TAME MONSTER

Name **シャドウ** 影に潜む狼

NAME フレデリカ

あらゆる魔法を多重化して使用する魔法使い。その特性を生かし、攻撃・防御・支援を幅広く行う。緩めの口調とは裏腹に負けず嫌いな一面があり、サリーにライバル心を燃やす。

TAME MONSTER

Name **ノーツ** 黄色い小鳥

NAME ドラグ

巨大な斧と武骨な鎧を装備したパワーファイター。第一回イベントでは五位に入る実力を持ち、その斧を叩きつければ大地が割れる。

TAME MONSTER

Name **アース** 岩でできたゴーレム

oints are divided to VIT. Because a painful one isn't liked

elcome to "NewWorld Online"

NewWorld Online STATUS GUILD 炎帝ノ国

OUTLINE

ミィに忠誠を誓う組織力の高いギルド

カリスマ的存在である【炎帝】ミィのもとで、ギルドメンバーが強固に団結しているのが特徴。ミィの圧倒的な火力を最大限に生かすため、各々が戦線維持や回復支援など与えられた役割をこなす。

Guild Member

NAME ミィ

スキル【炎帝】を所持する炎特化型の魔法使い。超高威力で見た目も派手な大技を連発する一方、MPの消費が激しい。凛々しいリーダー像を演じているだけで、本当は可愛いものが大好き。

TAME MONSTER

Name イグニス　炎を纏う不死鳥

NAME マルクス

数々の罠を遠隔設置し敵を妨害するトラッパー。とても用心深い性格で、罠の設置箇所を見極める力はギルドメンバーからも一目置かれている。

TAME MONSTER

Name クリア　姿を消せるカメレオン

NAME ミザリー

ミィのことを支えるヒーラーであり、MP譲渡や蘇生、範囲回復など優秀なスキルを多数所持している。その役回りからギルドメンバーには【聖女】と慕われている。

TAME MONSTER

Name ベル　長毛の白猫

NAME シン

【崩剣】という、一つの剣を複数の小さな剣に分裂させて攻撃する独特なバトルスタイルを持ち、その手数の多さで敵を圧倒する。カスミとは互いにライバルの関係。

TAME MONSTER

Name ウェン　風を操る鷹

ll points are divided to VIT. Because a painful one isn't li

Welcome to "NewWorld Online

『NewWorld Online』各層紹介

一層

NWOのプレイヤーたちを出迎えるファンタジー世界の入り口。澄み切った青空と雄大な自然が、プレイヤーを冒険へと駆り立てる。初心者向けの易しい階層かと思いきや、高難易度のダンジョンもいくつか設置されている。メイプルやサリーも当然この一層からスタートし、今のプレイスタイルの礎を築いた。

メイプル　が　スキル【絶対防御】を
取得しました

メイプル　が　スキル【毒竜】を
取得しました

第一回イベント
NWO最初のイベントは、複数プレイヤー同士のバトルロイヤル。メイプルはノーダメージで二千人以上ものプレイヤーを撃破し、初心者ながらイベント三位という華々しいデビューを飾った。

二層

NWOサービス開始から三カ月後のアップデートで追加された階層。一層から階層ボスを撃破することで往来可能となり、森や鉱山・荒れ地など様々なエリアがプレイヤーを待ち受ける。NPCやクエストも豊富に設定されており、中には報酬として規格外のスキルを手に入れられるものも存在する。

サリー が スキル【超加速】を 取得しました

第二回イベント
イベントエリアに散らばった三百枚のメダルを集める探索型イベント。メイプルとサリーは二人でこのイベントを攻略する中で、カスミやカナデ、シロップや朧など、この後も一緒にプレイしていくことになる大切な仲間たちと出会う。

また第二回イベント終了後にはギルドシステムが実装され、メイプルもギルド【楓の木】を設立。個性豊かなギルドメンバーたちと一緒に、この二層でさらにパワーアップしていく。

クロム が ユニークシリーズ を 獲得しました

メイプル が スキル【身捧ぐ慈愛】を 取得しました

メイプル が スキル【滲み出る混沌】を 取得しました

カナデ が スキル【魔導書庫】を 取得しました

第三回イベント
フィールドに現れる期間限定モンスターを倒し、そのモンスターがドロップするアイテムを集めるイベント。イズ謹製の羊毛装備が披露された。

Welcome to "N

三層

曇り空に覆われた機械と道具の世界。今までの階層とは世界観が大きく変わっており、フィールドの高低差はかなり激しい。そのため移動手段として、飛行アイテムが実装されている。町の中心にある建物には機械神がいるという逸話があり、それにまつわるイベントにメイプルは巻き込まれる——。

メイプル が スキル【機械神】を 取得しました

イズ が ユニークシリーズ を 獲得しました

第四回イベント
大小さまざまなギルド同士で行われるオーブ争奪戦。第一回イベント一位のペイン率いる【集う聖剣】や、圧倒的なカリスマを誇る炎使いミィ率いる【炎帝ノ国】などの大規模ギルドが覇を競う中、たった八人の【楓の木】は彼らとの直接対決を制し、イベント三位に食い込む快挙を成し遂げる。

四層

白熱の第四回イベントから一カ月と少し経って実装された、赤と青の二つの満月が浮かぶ常夜の新エリア。木造建築の立ち並ぶ和風の世界観で、町の中央に向かうには専用の許可証をもって鳥居をくぐらねばならない。和風のものに目がないカスミにとっては堪らないエリアで、カスミが最速で町の中心部に到達したことで、妖怪たちが闊歩する呪術の町へと姿を変えた。

メイプル が スキル【百鬼夜行】を 取得しました

カスミ が『身喰らいの妖刀・紫』を 獲得しました

第五回イベント
フィールドに現れる四種類のモンスターを倒し、それぞれに応じたポイントを集めていく探索型イベント。時期がクリスマスということもあり、ランダムで『プレゼントボックス』というアイテムがドロップした。

五層

一面がふわふわの雲で出来た、天上の楽園とでもいうべき階層。ダンジョンやモンスターに至るまで雲で設計されている。立体構造になっているところが多く、足元も不安定なので注意が必要。隠しボスとして『光の王』という敵が出現するが、メイプルによる絶対防御とマイ・ユイの圧倒的な攻撃力の前に敗れ去った……。

メイプル が スキル【天王の玉座】を 取得しました

第六回イベント
HPの回復が禁じられたジャングルが舞台の探索型イベント。メイプルは良きライバルとなったペインと共闘しその防御力を見せつける一方、サリーも更なるスキルを獲得し、その移動力に磨きをかける。

サリー が スキル【糸使い】を 取得しました

Welcome to "N

六層

プレイヤーたちの前に立ち並ぶのは、古びた墓標と荒野。薄暗く少し霧のかかった不気味なエリアである。この階層では各層に設置されるギルドホームの外観も廃屋に様変わり。出てくるモンスターも幽霊やアンデッドばかりで、恐いものが苦手なサリーは早々にログアウトを決意する。メイプルはダウンしたサリーのために一人で探索を始める。

第七回イベント
十階建ての塔を登っていく、ダンジョン攻略タイプのイベント。いくつかの難易度が設定されており、それに応じて報酬としてもらえるメダルの枚数も変わる。メイプルとサリーは、二人だけで最高難易度のノーダメージ攻略をはじめる。

サリー が スキル【水操術】を 獲得しました

七層

心地よい風の吹く草原をはじめ、火山や雪山、浮遊島など多様な地形がプレイヤーを出迎えるエリア。その最大の特徴は、このエリアのモンスターを仲間にすることが出来ること。まだテイムモンスターを手に入れていない【楓の木】の面々は、各々のプレイスタイルに合わせて個性豊かなモンスターと絆を結んでいく。一方のメイプルとサリーも、長らく一緒に旅してきたシロップと朧に進化イベントが発生し、その成長を喜ぶ。

To be continued...

第八回イベント

予選と本戦の二段階で構成されるイベントで、まず予選ではイベントフィールドで「モンスターの撃破数」と「一デスまでの時間」を競い合う。その結果に応じて本戦フィールドの難易度とそのイベント報酬が変更される。【楓の木】の面々は無事に全員が最高難易度のフィールドに駒を進め、強豪ギルド達も本戦開始に向けてやる気を漲らせるのだった。

Welcome to "N

プロローグ　防御特化とイベント本戦。

第八回イベント予選にて、メイプル率いる【楓《かえで》の木】は目標通り全員揃って本戦最高難易度への参加権を得ることに成功していた。

とはいえ予選での戦い方は、エリアボスか何かが現れたかと勘違いさせるほどの広域攻撃を行ったメイプル、カスミ、イズら、いかにも目立つ戦いをしたメンバー達と、堅実にポイントを稼ぎつつ上位に入ったサリー達と、各々で大きく異なっていた。予選は本戦と異なり、各個人でのＰｖＰ要素があったため、単独での生存能力に乏しいマイとユイの攻撃極振り組は危ういところもあったが、テイムモンスターの力を借りて、上手《うま》くそれを捌ききって一安心しているようだった。

しかしあくまで予選は予選であり、ここからが本当に成果を出さなければならないイベントの本戦である。本戦は予選とは違い、最初に参加することを決定したパーティーでまとまってイベントフィールドに転移することとなる。

メイプル達の本戦での目標は、イベント期間である三日間を生存しきって五枚のメダルを手に入れること、そしてそれとは別にダンジョンを攻略することによって手に入れられるメダルを集めることである。ダンジョンを探すためにパーティーを分けて探索するもよし、生存のためにパーティーメンバーで常に固まって防御を固めるもよしというイベントだった。

とはいえ、最初はパーティーメンバーが全員一緒にいられるというのは心強いことである。【楓の木】には【身捧ぐ慈愛】によって仲間の生存率を飛躍的に上げられるメイプルがいるのだから、尚更《なおさら》だ。そしてさらに、今回は今までの探索イベントとは違いメイプル達以外にも戦闘をサポートしてくれるテイムモンスターがいる。

マイとユイには巨大化して二人を乗せることもでき、光や星を彷彿とさせる攻撃をする熊のツキミとユキミ。カスミには【超巨大化】のスキルを持ち、その巨体と恵まれたステータスで攻撃することが得意な白蛇のハク。イズには各属性に変化して使用スキルが変わったりアイテムを強化したりできる光の塊のような見た目の精霊であるフェイ。クロムには本人が纏うことによって形態を変えつつ攻撃防御をサポートすることができるアンデッド系の鎧モンスターのネクロ。カナデにはプレイヤーの姿やスキルをコピーする特性を持った透明なスライムのソウがいる。

八層でそれぞれの特性に合ったテイムモンスターを仲間にした【楓の木】は、まさに準備万端だ。予選でもそれぞれを力強くサポートし活躍したテイムモンスター達がいれば、イベントフィールドでの戦闘はより盤石になる。そして、スキルが増えることは単純に戦闘の幅を広げることにもなるため、分散してもある程度戦力を確保できるというわけだった。

こうして八人はいよいよ行われる本戦に向けて期待と不安を抱きつつ相棒であるテイムモンスター、また自身のレベル上げ、スキル探しに勤《いそ》しむのであった。

一章　防御特化と人形退治。

メイプル達がそれぞれ相棒となるモンスターのレベルを上げる日々を過ごしているうちに、いよいよ本戦開始の日がやってきた。全員で最後に方針を確認しつつ、フィールドに転移する時を待つ。

八人が挑むのは最高難易度のフィールドであり、最後まで生存することで五枚の銀メダルを手にすることができる。

開始時刻前に【楓《かえで》の木】の面々は、ギルドハウスで最後の打ち合わせを行っていた。

「フィールドのモンスターを倒したりすれば別でメダルも手に入るみたいだし、生き残るだけじゃなくてもっと集めたいよね。本戦の仕様を考えても……ずっと八人でいるか、リスク承知で別々にモンスターを倒していくか、どっちか選べってことだろうし」

サリーの言うように、別途メダルを集められればその分だけ戦力強化につながる。そして、本戦フィールドで手に入れたメダルはパーティー全員に配られるのだ。たとえばメイプルがメダルを一枚手に入れたとして、それは他の七人にも一枚ずつ追加される。

八人でばらけてそれぞれ強力なモンスターを倒すことができれば多くのメダルを得られるが、その分、死亡して生き残った時にもらえるメダルの数を減らす可能性も高くなる。

「強力なモンスターが出てくる時間があると書いてある。そのタイミングで集まれるようにしながらも、基本は散開しておいた方が得られるものは大きいだろうな」

「ああ、生き残るのも大事だとは思うが。せっかくなら、どーんと稼ぎたいよな！」

「まあ、ばらけるって言っても僕らの中の相性を考えると、半分に分けるくらいがベターかな」

カナデの言うことに全員が賛成して、チーム分けはメイプル、サリー、マイ、ユイの四人とカナデ、イズ、クロム、カスミの四人となった。

極端な分け方に見えるが、いきなり奇襲されダメージを受けた時に一撃死してしまう三人とメイプルが組んだ方が生存率は上がるため、チーム分けは一瞬で終わった。

「本戦も頑張ろうね、お姉ちゃん！」

「うん、ユイもね」

「そろそろ時間かしら？　……言っていたら転移みたいね」

「よーし！　それじゃあ皆、最後まで生き残ろーー！」

メイプルが最後にそう言ってぐっと拳《こぶし》を突き上げ、七人がそれに反応する中【楓の木】の面々は光に包まれて転移していった。

八人を包む光が消え、予選の時と同じフィールドに配置されていた。

【楓の木】の初期位置は辺り一面砂と岩しかない、砂漠とも荒地ともいえる場所だった。

「見通しがよくてよかった。周りにプレイヤーはいない、か……」

「ああ、だが早速のお出ましだぞ！」

周りの砂が大きく波打ち、砂中から八人をまとめて一飲みにできそうな口を持つ巨大なワームが次々に姿を現す。それらはメイプル達を感知すると、そのまま大きな口を開けて一気に頭を寄せてくる。

「よーし！【身捧《ささ》ぐ慈愛】！」

メイプルが全員を守るためにスキルを発動させ、砂煙が上がる中、全《すべ》ての攻撃を引き受け無力化する。そんな中、全員がそれぞれテイムモンスターを呼び出し、一気に攻勢に出る。

「設置している時間はないわね……フェイ、【アイテム強化】！」

イズが強化した攻撃力アップアイテムを地面に叩《たた》きつけ、赤い光が八人を包む。

自身にバフがかかったことを確認するやいなや、マイとユイが巨大化させたテイムモンスターに跨《また》がって飛び出す。

全員が揃《そろ》った状態であれば、メインアタッカーを務めるのはこの二人だ。

「「【パワーシェア】！【ブライトスター】！」」

マイとユイの指示に従って、ツキミとユキミから球状のエフェクトが弾け、接近してきていたワーム全てにかなりのダメージを与える。しかしそれでもまだかなりのＨＰが残っており、さすが最高難易度といった様子である。

「逃すかよっ、カスミ！　サリー！」

「ああ！　【血刀】！　ハク、【超巨大化】【麻痺毒《まひ》】！」

「朧《おぼろ》！　【拘束結界】！」

カスミの側《そば》にいたハクが急激に巨大化し、素早く動いて怯《ひる》んだワームを締め上げ、麻痺させて動きを封じる。朧も同様に一体の動きを止める。

「ネクロ、【死の炎】！」

そうして動きが止まったところで、さらにネクロを纏《まと》ったクロムから炎が噴き出し、ダメージを加速させる。と、ここで、マイとユイがツキミユキミと共にめちゃくちゃに殴りつけていたワームが耐えきれずに爆散し、残りのワームは不利を悟ったのか砂に潜って逃げていく。

再び砂煙が舞い、それが収まった時にはフィールドには静寂が訪れていた。

「おおー！　すっごい！　皆のモンスター強いね！」

「全部は倒せませんでしたけど……メイプルさんが守ってくれているので戦いやすかったです」

「私とお姉ちゃんが攻撃してたモンスター以外にも倒れてましたし、どの子もすごい強いんですね！」

ユイがそう言ってマイと一緒に尊敬の眼差《まなざ》しを皆に向けると、攻撃していたサリー、カスミ、クロムは不思議そうにする。

「ん？　いや、俺はそこまでの手応《てごた》えはなかったけどな」

「ああ、私もだ。確かにハクの攻撃力は高いが……」

「ふふふ……ソウ！　こっちこっち」

不思議そうにする面々を見てカナデは可笑しそうに笑うと、ソウを呼ぶ。【超巨大化】したカスミの白蛇、ハクの陰から現れたのは、白い髪にピンクのメッシュ、フリルとリボンがたくさん付いた洋服を着た、ユイと全く同じ見た目をしたソウだった。

「えっ⁉　わ、私⁉」

「そう、ちょっとその攻撃力借りさせてもらったよ。流石《さすが》の威力だったなあ」

ソウはスキルでユイの姿形やステータスを反映した状態で行動していたのである。擬態先がユイとなればその攻撃力は相当なものだ。

「おー、カナデのテイムモンスターも強いね。戦略の幅が広がる広がる……」

「と言っても、っと時間切れみたいだね」

カナデがそう言うと同時にユイの姿をしていたソウは光に包まれ透明なスライムに戻ってしまう。

「ずっとは続かないしクールタイムも長いけど、面白いでしょ？　直前に記憶したパーティーメンバーか、そのテイムモンスターに化けられるんだ」

これならカナデ達四人の方の攻撃能力も問題ないだろうと、四人は改めて辺りを見渡す。

「あ！　サリー、メダル落ちてたりするかな？」

「んー、ちょっと探してみるね」

ワームを倒した付近をサリーが調べたものの、特にそれらしいものは見つからなかった。

普通のフィールドではボスでもおかしくない強さだったが、どうやらこのイベントでは、あの程度は雑魚《ざこ》モンスター枠ということらしかった。

「気を抜くとすぐ死んじまいそうだな」

「これが最高難易度ということなのだろう。よし、まずは少し落ち着けるところを探そう。ハクの上に乗ってくれ」

全員、一旦《いったん》テイムモンスターを指輪に戻すとハクの背に乗ってズルズルと砂漠を抜けていくのだった。


砂漠からはそのまま森と湿原に繋《つな》がっており、周りにモンスターもいなかったため、ちょうどいいところで分かれることとなった。サリーはマップを再度確認し、方針を伝える。

「マップにパーティーメンバーの位置は映ってるし、ここで分かれて強いモンスターが出る時間の少し前に集まる感じでいこう」

「ああ、いいんじゃないか。なら俺達は森の方へ行こう。メイプル達は湿原の方を頼む」

「分かりました！　きっちりメダル見つけてきますね！」

「おう！　こっちも、それっぽいモンスターを見つけて狩ってみる」

メイプルがぶんぶんと手を振る中、クロム達四人は予定通り分かれてメダルを探しに向かった。

「さて、と【身捧ぐ慈愛】は発動しっぱなしだし、このまま探索行こうか」

「うん、そうしよう！　マイとユイも大丈夫？」

「「大丈夫です！」」

「じゃあ行こー！」

テイムモンスターを仲間にしたことで、マイとユイの移動速度はシロップに乗るより速くなっている。ツキミの背中にマイとサリーが、ユキミの背中にユイとメイプルが跨ってそのまま湿原へと進んでいく。

「でも今回のフィールドも広いよねー。うーん、どこを探せばいいのかな……」

「ふふふ、こんなこともあろうかと……っと、これ見て」

サリーが三人にメッセージを送る。

そこには予選の時のサリーのマップの写真が添付されていた。

「同じマップって話だったし、何かそれっぽいものがあったところをマークしておいたんだ。少しは役に立つはず。もちろん向こうのチームにも送っておいたよ」

「やるぅー、サリー！　えっと今いるのがここだから……」

三人は今のマップと送られた画像を見比べて近くにあるマークを見つける。

「あ、メイプルさん！　湿原にもありますよ！」

「本当だ！」

「そそ、だからまずはそこから行ってみない？　マイ、細かい場所は教えるから」

「はい、分かりました。ツキミ！」

最初の目的地を決定した四人はそこに向かって移動していく。周りは障害物がほとんどなく、池と背の低い植物が続くばかりである。

「湿原の真ん中の方だよね」

「そう。ま、そう簡単に通してはくれないみたいだけどね！」

移動を続ける四人を囲むように池と地面から水でできた人形と泥でできた人形が次々に起きあがる。それらはズルズルと足を引きずりながら距離を詰めてくる。

「ど、どうしますか！」

「任せて。シロップ！【沈む大地】！」

メイプルがシロップに命じるとシロップを中心に地面の性質が変わり、地面から現れた人形達は足場を失ってまた地面へズブズブと沈んでいく。

「メインの目標は生き残ることだし……マイ、ユイ、今の内に逃げちゃおう！」

「そだね、魔法攻撃もないし移動速度も遅い……ってことは捕まったらやばいタイプだと思う！足場は私が作るから！」

「「分かりました！」」

二人はツキミとユキミに【スターステップ】を発動させ移動速度を上げると、サリーが空中に作った足場を使って人形達を飛び越えた。

「この調子で進もー！」

「メイプルのスキルは強力なモンスターが出るまで残しておきたいし、頑張ってもらうよ、二人とも！」

「「はいっ！」」

こうして、シロップのスキルで足止めをしているうちにサリーが空中に足場を作ったり【氷柱】でツキミとユキミがよじ登れる場所を用意したりして、交戦を避けて、サリーがマップにマークをつけていた場所まで辿《たど》り着《つ》いた。

そこにはひときわ大きい池が広がっており、その中央に小島が一つ浮かんでいる。小島にはピンク色の小さな花が咲いており、他の場所とは違う雰囲気を漂わせている。

もちろん、その大きな池にも大量の水人形と泥人形が蠢《うごめ》いているため、メイプルの持っていた双眼鏡で遠くから見ているという状況だ。

「どうサリー？　前来た時と何か変わってる？」

「予選では流石にここまでモンスターはいなかったかな。でも地形は変わってないよ」

「確かに……何かありそうですよね」

「どうしますか？」

「そうだね。いきなりやられるとメダルは何も貰《もら》えないからね」

通常モンスターも強力なこのフィールドで、より強力なボスモンスターの住処《すみか》に自ら突撃すること は、最後まで生存することで貰えるメダルを逃す危険性を上げることにもなる。

「でも！　攻略してもっとメダル取るって決めたもんね！」

メイプルがそう言い切ると、三人も同じ気持ちだというように頷《うなず》く。

「多分、ユキミ達だと小島に行くまでに戦闘になると思います」

「だーいじょうぶ！　こういう時は、シロップに任せて！」

背中に乗って移動できるテイムモンスターは【楓《かえで》の木】にもいる。しかし空を飛べるのは【楓の木】ではシロップだけなのだ。

「本当は飛べないはずなんだけどね……じゃあそれで空中から行こうか。途中見てた感じだと撃ち落とされる心配はなさそうだし」

攻略が決定したところでメイプルはシロップを呼び出し、【巨大化】させて皆でその背に乗る。

そうして、地面を這《は》いずるモンスターをやり過ごして、花の咲いた小島の上へとやってきた。

「このままシロップ下ろせそうだし、行っちゃうね」

メイプルがそのままシロップを小島に着陸させると、その瞬間小島が光り始め、四人はそれが今までに何度も体験した転移の前兆だと気づく。

「大丈夫！【身捧《ささ》ぐ慈愛】もあるから！」

向こうで何が起きても大丈夫だとメイプルが胸を張る。

そうして四人の姿はぱっと湿原から消えてなくなった。


「よっと！　とうちゃーく！」

「地下か……あの小島の真下って感じなのかな。地面と天井も水気が多くて泥っぽいし」

「本当ですね……わっ、すごい数の分かれ道……」

四人が辿り着いたのはまさに地下ダンジョンといった風な周り全《すべ》て茶色に囲まれた場所だった。

スタート地点は円形で広くなっており、そこから六本の道が伸びている。道幅を気にする必要はなさそうだが、どこもかしこもじっとりと湿っており、場所によっては水たまりもできている。

「さっきの泥人形とかもでてきそうですね。今回は倒さないとダメかもしれないです！」

「そうだね、その時は一撃で決めてくれると助かるかな」

「「任せてくださいっ！」」

道は多いものの、どこから行くかなど考えていても答えは出ない。

「私が決めていい？」

「うん、いいよ。手がかりもないしね」

四人はとりあえず、メイプルが選んだ道を進むことにした。

「うう、足下もべちょべちょだね」

「そうですね……本当に汚れたりはしないのでよかったです」

「っと、早速でたよ！」

サリーの言った通り、地面の水たまりや泥から音を立てて人形が起き上がってくる。ただ動きは遅く、マイとユイの二人でもたやすく捉《とら》えることができる。

「「【ダブルストライク】！」」

人形が何かするよりも先に、二人の攻撃が命中し通路を塞《ふさ》ぐようにして湧き出した人形はバシャッと音を立てて弾け飛び、水と泥で辺りを汚す。

「おー！　さっすがー！」

「……いや、終わってない！」

弾けた水や泥は光となって消えることはなく、それら全てが新たに人形として形を作る。

一気に数倍の数に膨れ上がった人形が群がってくるが、これ以上増えては面倒だと、迂闊《うかつ》に攻撃できないで躊躇《ちゅうちょ》しているうちにマイとユイが攻撃を受けてしまう。

「メイプル！　大丈夫⁉」

両方の種類の人形から攻撃を受けているため、特殊な効果があるなら【身捧ぐ慈愛】によってメイプルの身に何かが起こっているはずである。

「えっと……ちょっと待ってね？　んー……」

サリーはメイプルと、その間にもべちゃべちゃと攻撃されているマイとユイを交互に見て、ダメージが入っていないことを確認しつつも警戒を緩めない。

「あ！　移動できなくなってる！　あとは……スキルがもう一度使えるようになるまでの時間が進まなくなるんだって」

「移動不可とクールタイムのカウント停止……パーティーによっては全滅してもおかしくないレベルだね……攻撃のダメージもそれなりにあるだろうし、数も多いし」

「サリーさん！　こ、これどうやったら倒せますか⁉」

「とりあえずいろいろ試してみようか……」

メイプルは動けなくなっているが、ただそれだけである。元々移動できなくともできることは多いのだ。今なら【身捧ぐ慈愛】さえあればそれでいい。

危機的なダメージはないと分かったサリーは肩の力を抜く。メイプルが無限に時間を稼いでくれる中で、この人形の対処法を探っていく。

結果、泥人形の方は火の属性、水人形の方は雷の属性を付与した攻撃をすれば分裂させずにダメージを与え、倒すことができると分かった。逆にそれ以外の攻撃を加えると、それだけで分裂してしまうようだった。

そして、メイプルが守ってくれることに任せて、片っ端から検証した分、人形は数え切れない程に増えてしまっていた。通路を完全に塞いで、天井まで埋まってしまって身動きが取れない人形も出ているほどである。

雪崩《なだれ》のように崩れてきた人形にのしかかられ、マイとユイは間違って攻撃してしまわないように気をつけながら何とか這い出てきた。

「おっけー、とりあえず確認も終わったし……このめちゃくちゃ増えた人形処理しようか……」

「「はい……」」

「す、すごいことになっちゃったね……」

別の道に行こうにも、メイプルが移動できないため、結局再度移動不可をかけ直されてしまう。全て倒し切らなければメイプルが動けるようになる日は来ないのだ。


そうして全ての人形を倒しきった時にはかなりの時間が経過していた。

「ふーやっと終わった……マイとユイもお疲れ様」

「ごめんね。全然倒すのに参加できなくて……」

「いいんです！　メイプルさんは守ってくれてましたし！」

「ボス戦のために温存しないとですから……！」

メイプルのスキルはとても強力だが、そのほとんどが回数制限つきの代物である。それは今回のイベントのような、一日中戦闘が起こる場合には重いデメリットとしてのしかかってくる。

だからこそ、攻撃能力がずっと落ちないマイとユイが多くの戦闘を受け持つことになる。

「このままボス戦まで行っちゃいましょう！　倒し方もわかりましたし！」

「そうだね。メイプルもボス戦では頑張ってもらうよ？」

「うん、温存させてもらった分頑張るよ！」

雑魚《ざこ》モンスターの倒し方が分かってしまえば、道中は苦戦することもなく進んでいく。

本来は弱点を突《つ》いても一撃とはいかず、かなりのリソースを消耗させられる作りになっているが、マイとユイならば手当たり次第殴りつけるだけでいい。それぞれ弱点属性を付与したマイが泥人形担当、ユイが水人形担当、サリーは倒しそこねたものを的確に倒し、メイプルは攻撃が当たってしまっても問題ないように【身捧ぐ慈愛】で三人を守り続ける。

全ての攻撃とデバフを無効化されてしまう人形にこの四人は食い止められない。


そうして、気持ちよく人形達を撃破していったメイプル達は一歩一歩着実に歩を進め、ボスが居るであろう部屋の扉の前にたどり着いた。

「やたら数は多かったから時間はかかっちゃったけど、ようやくボスかな」

「「準備はできてます！」」

「よーし！　じゃあ開けるよ！」

メイプルが扉を開け、四人は警戒しつつ部屋の中に入る。部屋の中は、ところどころに水たまりと泥だまりがあり、黄緑の苔《こけ》にその他すべての地面が覆われていた。

そうして、四人の目の前で身長四メートルほどの二体の巨大な人形が起き上がる。

一体は泥でできた体に、苔や草花を生やしたもので、もう一体は、水でできた体を持つものだった。ここまで来るのに嫌というほど倒した人形達の親玉のような姿である。

「あの草がちょっと気になるけど……とりあえず、道中と同じく属性攻撃でいくよ！　一体ずつ倒そう！」

「「はいっ！」」

メイプルを除く三人はまず倒す対象を泥人形に決めると、武器に炎を纏《まと》わせてボスの方へと向かっていく。メイプルは役割分担とばかりに水人形の注意を引いて三人を攻撃に集中させる。

「一気に決めるよ、お姉ちゃん！」

「うん！」

マイとユイは燃え盛る大槌《おおつち》を振りかぶり一気に叩《たた》きつける。

当然のことながら、ＮＷＯトップクラスであるこの二人の攻撃力を基準としてボスモンスターは作られていないため、ユイの宣言通り、一気にＨＰバーが削れる。

泥人形はゆったりとした動きで二人に反撃を繰り出すが、それはメイプルが特殊効果ごと【身捧ぐ慈愛】で引き受ける。これによってメイプルのスキルのクールタイムが進まなくなるが、どうということはない。

「こっちも、負けてられないね！」

サリーはマイとユイとは違い、回避して【剣ノ舞】による攻撃力上昇の効果を高めながら足元を斬り刻んでいく。

「「もう一回っ！」」

サリーの攻撃で体勢が崩れたところに、マイとユイの大槌が突き刺さり、泥人形のＨＰバーがいとも容易《たやす》くゼロになる。

「「よしっ‼」」

「おー！　さっすがー！」

「……待って、何か変！」

サリーがそう言うと同時、泥人形は内側からボコボコと膨らみ、大きな音を立てて弾ける。マイとユイがそれを受けてしまうが、メイプルのお陰でダメージはない。

「大丈夫大丈夫！　……うぇっ⁉」

泥を無効化し、胸を張っていたメイプルのＨＰバーが少し遅れてきっちり二割減少する。メイプルは何かあったのかと辺りを見渡す。

「マイ、ユイ！　足元！」

「えっ、あっ！」

泥溜《だ》まりの中で立つ二人の足元には泥に紛れて茶色の種が落ちており、そこから伸びた蔓《つる》が足に絡みついていた。どうやら、この蔓による吸収攻撃のようである。

メイプルのＨＰがまた二割減少したところで、マイとユイは蔓を引きちぎる。

「メイプルはシロップ出して！　二人はこっちこっち」

サリーが誘導して、種をかわしつつメイプルが浮かせたシロップの背中に三人で飛び乗る。種は地面にいる者にしか反応しないようで、何とか難を逃れ、メイプルのＨＰも回復できた。

「ふー、びっくりした……うう、でもこれじゃあ降りられないね……」

「うわ……しかも泥人形さっきの回復で復活するのかあ」

「でも、地面にいなければ大丈夫そうです！」

「練習しておいたので……ここからでも攻撃できます」

頼もしい二人の言葉に、メイプルとサリーは攻撃を見守ることにした。

飛んでくる泥や水は変わらずメイプルが受け止める。そんな中二人はインベントリから次々に鉄球を取り出した。

第四回イベントの時から改良され、棘《とげ》まで付いてサイズも大きくなったそれに炎を纏わせて、投球のモーションに入る。

「「せーのっ！」」

可愛《かわい》らしい掛け声と共に放たれたそれは凄《すさ》まじい速度で泥人形の顔面に飛んでいき、回復したばかりのＨＰを再び消し飛ばして、後ろの地面に深々と突き刺さった。

「やった！　当たりました！」

「練習の成果です！」

「あの練習は二人にしかできないからね……それにしても本当いいコントロール」

二人で空き時間にやっていた鉄球でのキャッチボールは役に立ったようで、二人は次の的に狙《ねら》いを定める。今度はバチバチと放電する鉄球を持ち上げると、全力投球で巨大な体を撃ち抜いていく。

「おー！　あ、そうだ！　それだったらさ、大槌で打った方がもっと威力出るんじゃない？」

「あ……それは駄目なんです」

「鉄球が砕けちゃうんです！　イズさんにもっと硬いのを頼んでいるところです！」

鉄球はただのアイテムなため、一定のダメージを与えると壊れてしまう。一度試した時には凄まじい音を立てて雪玉かのように粉微塵《こなみじん》になったのだった。

打てない分、鉄球自体に色々と付けた結果が今の形なのだ。

「流石にこのサイズの鉄球は手渡してあげられないし……見てるしかないか」

「「ここは任せて下さい！」」

音を立てて地面に鉄球が突き刺さる度、水の体に穴が開いていく。

地面は種まみれになっているが、そんなことは関係ないと最後の鉄球が頭部を吹き飛ばし、泥人形、水人形が共に倒れたところで、地面の種も含めて全《すべ》てが光になって消えていった。そして、通知音が鳴って【楓の木《かえで》】のメンバー全員に銀のメダルが一枚配られたことが伝えられる。

「ふー、何とかなったね！　それにメダル一枚！」

「うん、よかった。でも気をつけないとね。今回もシロップが飛べなかったら危なかったし」

「そうですね。復活もしますし……普通に戦えば、もっと手強《てごわ》かったのかも」

「相性の悪いダンジョンに入らないように、周りの雑魚モンスターから予測したりしないとね。っと、ダンジョンからは強制脱出か……」

「ここの中で安全に過ごすのは無理なんですね」

「まぁ、できるだけ多くメダルを集めたいし、サクサクいこう」

「よーし、次もがんばろーー！」

メイプル達の体が光に包まれていき、いつもの転移と同じようにしてダンジョンから出ていくのだった。

◆□◆□◆□◆□◆

「お、メイプル達がメダルを獲得したみたいだ」

「恐らく湿原にダンジョンがあったのだろうな。サリーのマップを目安にするのは正解なのだろう」

森の方へと向かった四人は基本的に【超巨大化】したハクの頭に乗った状態で移動している。

遭遇したモンスターはイズがアイテムを、カナデがデバフをばら撒《ま》いたところをハクで絞め殺すのが基本になっている。

クロムやカスミは遠距離攻撃がそこまで得意ではないため、攻撃をくぐり抜けてきたモンスターを撃退する役割である。

「三日間とはいえ、しっかり準備してきてよかったわ」

イズの強みは全て多様なアイテムによって生み出されている。汎用性《はんよう》も威力も高水準だが、当然、それが一種類なくなる度にできることは少なくなっていく。それが生産職プレイヤーだ。

しかし、イズは通常の生産職とは違いゴールドからアイテムを作り出せる。さらにスキルによってどこでも工房を使えるイズは、ゴールドさえあればアイテムを補充できるのだ。今回のイベントに向けて、ギルドホームが何軒も建つ程のゴールドを用意したイズに死角はなかった。

「あ、そろそろサリーの目印がついたポイントじゃないかな」

「よし、気合入れて行くか！」

ズルズルと這《は》いずっていくと、その先には魔法陣のようなマークが付いている木があった。

「恐らくあれだろう。周囲には特に何もいないようだが……」

「触れてみるか？　魔法陣みたいだしな」

全員が賛成して、カスミがハクの頭を寄せて魔法陣に触れる。すると予想通りにマークから光が発せられて全員がイベント本戦フィールドから移動する。


そうして移動した先は、これまでと同じく木々に囲まれた森だった。

唯一の違いは、木々の向こうに大木や蔦でできた壁があり、それが一周ぐるっと四人を囲んでいる、まるで自然の檻《おり》のような地形になっていることだ。広さはそれなりにあり、即戦闘かと身構えるものの、周りからは何の気配もしてこない。

「何もいないってことは……ないよな」

「そうね」

そうして警戒していると、突然風切り音が聞こえ、いち早くクロムが反応する。

「【カバー】！」

キィンと音がして飛来物が弾け、宙に舞う。クロムがさっと素早くそれを確認する。

そこには導火線からバチバチと火花が散る爆弾がついたクナイが三本舞っていた。

「ちっ、カナデ頼む！」

「ソウ、【対象増加】【精霊の光】！」

カナデの姿に化けたソウが魔導書を取り出し防御スキルを発動する。その直後、轟音《ごうおん》と共に凄まじい爆風と爆炎が吹き荒れる。それが収まった時、ＨＰは減少しているものの、全員が無事に生き残って立っていた。

「ソウに使わせるとダメージ無効効果はダメージ軽減に弱体化しちゃうけど、まあ十分でしょ？」

「ああ、助かったぜ」

「回復しておくわね」

「さて、どこから攻撃されたのか……」

「飛んできたのがクナイってことは忍者とかそんな感じか？　あの威力だとばらけて探す訳にもいかないしな……」

攻撃方法がクナイだけとは考えにくい。ＨＰが低いカナデとイズは下手《へた》に攻撃を受ければ、ものによっては即死もありえる。

「しばらく探してみる？　ソウがいれば回数制限があるような強力なスキルでしのげはすると思うよ」

「そうしてみるか。まず姿が見えないことにはな……」

まずは姿を確認することとした四人だが、森の中を回れど回れどそれらしき姿は見つからず、ひたすらにあちこちから飛び道具が飛んでくるばかりである。

「んー、カナデが溜め込んだ魔導書のお陰で何とかなってるが……見つからねえなあ」

「どうしたものか。上手《うま》く接近できさえすればな」

悩んでいるとイズがしばらく言うかどうか迷った後で口を開く。

「そうね……荒っぽい方法でいいなら手はあるわ」

「へー、どんなの？」

「ここは広さが決まっているみたいだから……準備に時間はかかるけど、空間全部爆破するわ」

「なるほど……なるほど？　いや、ま、アリだな。アリだ」

要は絨毯《じゅうたん》爆撃による燻《いぶ》り出しだ。イズからそんな言葉が出てくる日が来るとはといった様子でクロムがたじろぐが、このままやっていても仕方がないということでその案でいくことに決定した。

「予選でもやってたあれだよな？」

「そうよ。ただ、新アイテムの制作も間に合ったから、今回は上空にも対応できるわ」

そう言ってイズはアイテムを取り出す。それは箱にプロペラが付いており、真下に紐《ひも》が伸びているアイテムで、イズはそれに爆弾をいくつか括《くく》り付けると上空へ舞い上がらせる。真《ま》っ直《す》ぐ上空に上っていくと、それはある程度で上昇をやめる。

「結構コストは高いけれど……出し惜しみもしていられないわ」

「またえっぐそうなもん作ったな……起動は？」

「専用のアイテムがあるわ。樹上はこれに任せて、地面と幹にも仕込みましょう」

「爆破されたなら爆破し返すってか……俺達は？」

「中央だけは安全圏として残すわ。アイテムは効果範囲に平等にダメージを与えるから、間違っても安全圏から出ないでね」

安全圏から飛び出せば、高い防御力と生存力を持つクロムですら命の保証はできないほどの連続ダメージと大量のデバフ、状態異常が降りかかってくる。

ソウの魔法とハクの巨体による防御で設置アイテムを守って、森の中をぐるぐると回り爆発物を敷き詰めていく。

「よし、準備完了。すごい音が響くのと、眩《まぶ》しいから気をつけてね」

予選と同じように空中に張り巡らされた水の糸に電気を通すと、森の中に轟音が響き渡る。

それは轟音という言葉が生易しい、敵のクナイの爆発攻撃がちっぽけに感じられるほどのもので、安全圏を除く森の空間全《すべ》てを一撃で焼き払った。

「まだ倒せてはいないはずよ！」

「うん、予定通りやろう。【暗殺者の目】！」

カナデが【神界書庫《アカシックレコード》】により今日限り使えるスキルで、状態異常がかかったモンスター及びプレイヤーへのダメージを増加させ、さらにその位置を把握できるようになる。

「いた！」

「いくぞカスミ！」

「ああ！」

クロムはネクロを纏《まと》い鉈《なた》のリーチと威力を上げ、カスミは両脇に武者の腕を呼び出し、一気に接近する。そこには毒を受け、体が麻痺《まひ》し、凍りながら燃える無残な忍びの姿があった。

「【終ワリノ太刀《たち》・朧月《おぼろづき》】！」

「【死霊の泥】！　ネクロ【死の炎】！」

姿が見えてしまえばあとはあっけないもので、二人の攻撃をもろに受けて、まともに動くことすらできない忍びはＨＰを全損させて消えていった。

「ふう……よし、何とかなるもんだな」

「終わったかしら？」

「ああ。まあ……確かに死んではいなかったが、似たようなものだったと思う」

「良かったよ。流石にダメージ軽減スキルもなくなってきてたところだったからね」

集合し、念のため警戒をしていたところでメイプル達がそうだったように通知が鳴って、メダルが獲得できたことが伝えられた。

「よし、一日目でいきなりこれならかなりいいだろ！」

「森をいくつか越えたし、爆弾の設置にも時間がかかったから、意外に時間が過ぎているわね」

「もう一つ二つ探索したところで合流かな。タイマーを見るにどうやら夜は強いモンスターが出るみたいだし」

「そうだなあ。ハクのお陰で楽に移動できているけど、結構移動したもんな」

メイプル達と連絡を取り、あまり離れ過ぎないようにしつつ、また夜を過ごす場所を探しつつ、クロム達四人も次なるダンジョンを目指して探索を続けるのだった。

二章　防御特化と拠点作り。

メイプル達は湿地のダンジョンを攻略してから、いくつかサリーが目をつけていたところを回ったが、あいにくどれも外れだった。

「ふぃー、中々見つからないねー」

「そうだね。強いモンスターが出る時間も近づいてきてるし、今から下手に新しいダンジョンに飛び込むより、イズさん達と合流した方がいいかも」

告知されている『強いモンスター』というのがどの程度のものなのかまだ分かっていない以上、無理は禁物である。ダンジョン攻略もそうだが、生き残ることで得られるメダルも大切なのだ。

「一旦《いったん》クロムさんと連絡とってみるよ」

サリーがメッセージを送っている間に、ツキミとユキミに乗って開けた場所へ移動する。

今回はプレイヤー同士の戦闘がない仕様のため、開けた場所はモンスターからの奇襲を受けにくく、いい場所と言える。

「おっ、向こうもダンジョンに入るのは一旦止めて、拠点にできそうな場所を探してるんだって。良さげな洞窟《どうくつ》があるみたい」

「おー！　じゃあ合流しよう！」

「これで夜も安心ですね！」

「場所を送るからマイとユイ、移動はお願いできる？」

「「もちろんですっ！」」

二人はツキミとユキミの移動速度を上げると、平野を越え森を越え、クロム達の元へと向かった。

道中多少モンスターと接触することはあったものの、四人の敵ではなく、無事合流することができた。

「あ！　いたいた！　おーい！」

メイプルがそうして大きく手を振ると、クロム達も気づいたようで近づいてくる。

「お、メイプル達か。そっちも上手くやったみたいだな」

これでギルドの全員が銀メダルを二枚獲得したことになる。あと三枚集めて最後まで生き残れば、目標の十枚に届く。そうすればまたメダル報酬のレアなスキルやアイテムが手に入る。

「そうだそうだ、拠点にできそうな洞窟があったからな。こっちだ」

クロムの先導で洞窟の中へと入っていく。洞窟は奥へ続いており、ダンジョンとは違い明かりなどはないものの、いくつか少し広くなった空間があり、蟻《あり》の巣状になって最奥のより広い空間につながっていた。

「見た目だけならダンジョンっぽいけど……何も出ないか……」

「ああ、こんな感じにダンジョンっぽい場所がいくつかあってな。おそらくダミー兼休息用だと思う」

「じゃあ、夜になるまでにここを整えないと！　快適にしないとね！」

ゆったりと夜を過ごすためには、こんな岩肌がむき出しの洞窟ではいけない。英気を養うためにも改良は必須《ひっす》である。

「外に出しておいても消えないタイプのアイテムもあるわ。流石に家具はそこまで持っていないから、今から作るわね」

「んー、頼もしいなあ。じゃあ僕はイズにアイテムを貰《もら》って防衛用のトラップでも仕掛けてこようかな」

「「私達も手伝います！」」

「時間がないからね。私とメイプルも分担して、まずは防衛機構を完成させよう」

「うん！　頑張るよ！」

メイプルの性質上、【楓《かえで》の木】は攻め込むより守りに徹する方が得意である。入り口を限定し、アイテムをフル活用すればただの洞窟も強力な防御能力を備えた要塞《ようさい》となる。

メイプルもイズからアイテムを受け取って、部屋をカスタマイズすることとなった。

「んー、どうしようかなあ……結構広いし、ここを通り抜けられないようにしないとだから……」

メイプルは今までにもしたように【ヴェノムカプセル】で部屋全てを毒で埋め尽くしていく。まずはここからスタートと言うように、時間をかけて一部屋が毒に沈み切るのを待つ。

「よーし。んーこれだけだと駄目かなあ。通路から攻撃されたら壊されちゃうもんね……」

メイプルの生み出す毒はただの毒ではなく、確率で相手を即死させるという代物だ。上手《うま》く当てられればそれだけで一撃死させられる。

「……そうだ！　えーっとイズさんから貰ったアイテムに……あった！」

メイプルは毒のカプセルの中をざぶざぶと進みながら、アイテムを設置していく。これは攻撃に反応して水が噴き出し相手を跳ね飛ばすトラップである。ただメイプルが跳ね飛ばしたいのはモンスターではなく自分の毒である。メイプルはこれを大量に設置すると自分達の側《そば》に毒が流れてこないように片側の通路を塞《ふさ》ごうとする。

「んー……いい感じのアイテムがない……あ、そうだ【天王の玉座】！」

メイプルは狭い入り口に玉座をドンっと設置すると隙間《すきま》に余っていた木材を差し込んで無理やり片側を封鎖する。

「よーし一部屋完成っ！　次々！」

守りを固めるためにメイプルはまた他の部屋へと走っていく。そうしていくつか部屋を回るとマイとユイの姿があった。

「どう？　上手くいってる？」

「あ！　メイプルさん！」

「は、入ってきちゃ駄目です……！」

「え？　わっ、あうっ!?」

メイプルが部屋に踏み入って、うっかり何かを踏んだ瞬間、高くなっている天井から両手で抱えることも難しい程の巨大な岩が凄《すご》い勢いで落ちてきてメイプルの頭に直撃する。それはガンッと音を立てて少し跳ねると前に転がり落ち、それが次のスイッチを踏んで次々に岩が落ちてくる。

それが収まったところでマイとユイが慌てた様子でひょいひょいと岩をどけていくと、その下から無傷のメイプルが現れる。

「び、びっくりした……ごめんね！　折角の罠《わな》が発動しちゃった！」

「大丈夫ですっ！　それにメイプルさんが無事でよかったです」

「もう一回置き直すの手伝うよ。シロップは呼べないし……この盾に乗って！」

メイプルは装備を変更し、スキルを発動させて大盾を三枚装備すると、二枚に岩を持ったマイとユイを乗せて再設置に向かう。

「うう、他の部屋を見にいく時も気をつけないと」

「上手く歩けば通り抜けられるので……外に出るときに困ることもないはずです」

「あ、そっか……しまったなぁ、あの部屋通り抜けられないや」

メイプルは罠の設置は不得意なようで、自分のカスタマイズした部屋を思い返しどうしたものかと考える。

あの部屋は近づいたものを問答無用で倒すことはできるが、その代わりギルドの面々も誰一人近づけないのだ。

「あとでサリーにも相談して、作り直そうかな……」

「ど、どんな部屋を作ったんですか？」

「えへへ、それはねー」

そんなユイの質問に答えつつ、罠の再設置を済ませて、二人の作った罠部屋を後にした。

マイとユイの部屋もまた殺傷力の塊のような部屋なため、入ってくるモンスターがひたすら可哀《かわい》想《そう》になるものである。


メイプル達は三人で、残った部屋に落石トラップや毒沼を設置し、やりきった表情で最奥に戻る。

するとそこは半分を境に照明やテーブルが置かれ、パーテーションによって個人のスペースも作られた快適空間になっていた。興が乗ったのか、イズはカーペットを敷いて壁紙まで貼り始めている。加工がされていないもう半分のエリアは罠をくぐり抜けてきたモンスターの迎撃用である。

「わっ、すっごい綺麗《きれい》になってる！」

「あ、おかえりなさい。もうトラップ設置は終わったのかしら？」

「はい！　大丈夫です！」

「きっちり準備してきました」

「こっちもほとんど完成よ。第四回イベントの時と比べてもかなり快適になったと思うわ」

イズは最後の仕上げとばかりに迎撃エリアに向けて砲台を設置して、一気に襲ってこられないように壁を作り、ふぅと一息つく。

「結構大仕事になったわね。でも、いい経験になったわ。それに楽しかったもの」

「す、すごいですね。かなり素材を使ったんじゃないですか？　また集めないと……」

「貴重なものはそこまで使っていないわ。でも、また今度お願いするわね」

「私もお姉ちゃんもいつでも大丈夫です！」

四人でそうやって話していると、残りの四人も罠を設置しきって戻ってきた。

「いやー、設置してきたぞ。ただ、外に出る時もちゃんと注意して出ないと、しくじったら死ぬようなのも多くてやばいな」

全員が同じような感想を抱いているようで、うんうんと頷《うなず》いているとメイプルがハッとした表情で声を上げる。

「あ！　そうだ、他のプレイヤーの人が入ってきたらどうしよう！　巻き込まれちゃうよ！」

「ん、あー大丈夫。外に看板立ててきたから」

「へっ？　あ、そうなの？　ありがとうサリー！　えっと、どんなの？」

「『【楓の木】本拠地　危険物多数　命の保証なし』って」

「……間違ってはいないだろう」

「むしろこれ以上ないほど正しいと言えるね」

「そうね。トラップ塗《まみ》れだもの」

そんな殺人トラップ塗れのダンジョンを用意して一息ついた頃《ころ》、時刻は夜となり、遂に強力なモンスターが現れる時間がやってきた。

「とりあえず、構えて待っておこうか」

「そうだね。どんな感じで出てくるかも分からないし」

休息エリアと迎撃エリアの境で、イズが建てた壁に身を隠しつつ、いつでも攻撃ができるように、それぞれが武器を構える。そうしていると、上から地響きが連続して聞こえ、何かがこのダンジョンの中に入ってきたことが分かる。

「何か来た」

「うん、いつでも攻撃できるよ」

緊張した空気が漂う中、しかし上から聞こえていた地響きは次第に収まっていき、いつまで経《た》ってもそれらしいものはやってこない。

「……死んだか？」

「おそらく……一度罠の起動状況を確認する必要があるだろうな」

そうすればどの程度強力なモンスターだったのかを把握できる上、倒せていたのであれば、罠の再設置も必要になってくる。

「私とメイプルで見てこようか。最悪の場合でも逃げてこれるだろうし」

「そうね。変に罠が起動してもメイプルちゃんがいれば安心だもの」

そうして二人が休息エリアから足を踏み出したところで、上へと続く通路から一体、メイプルの【暴虐】状態のような角が生え、悪魔らしい翼を生やし、槍《やり》を持った目と鼻のないモンスターがダメージエフェクトを散らしながらふらふらと飛んできて……ズシャッと地面に落ちて光となって消えていった。

「ああ……頑張って生き残ったんだろうにな」

「そう、だな。いや、私達も生き残ることが目的だからな。仕方ない」

どっちが悪役でダンジョンのボスか分からない状態になったが、あの悪魔は一つ貴重な情報を与えてくれた。

「多分、対空性能が足りないのかな」

「そうだねー、他の状況も確認したら、罠を改良しようかなあ」

メイプルとサリーが罠をチェックして回ると、入り口から順に罠が作動しており、地面を歩くタイプの悪魔のものと思われる素材が大量に落ちていた。

「そこまで再設置も難しくないし、皆を呼んで作り直そう」

「うん。あ、そうだ！　マイとユイなら大きな岩とかも運べるし、道を塞いだりして、罠の方に向かわせるとかもできるかも！」

「いいね。ゆっくり寝たいし、防御機構は盤石にしていこう」

二人は現状を写真に撮ったりして記録し、また最奥へと戻っていった。


そうして夜も深くなってきたところで、罠の再設置も終わり、交代で休むこととなった。

「さてと。どうやら強力なモンスターっていうのは勝手にこっちに向かってくるみたいだし、交代で寝るしかないかな」

「とりあえず入り口は塞いでおいたらどうだ？　マイとユイなら楽にできるだろ」

「たしかに！　マイ、ユイ頼める？」

「「はい、大丈夫です！」」

マイとユイは迎撃エリアの奥にある出入り口まで向かうと、罠にも使った大岩をいくつも取り出し、さくさく通路を塞いでいく。

「よし、これで無理矢理入ってくるやつがいたら分かるだろ」

奥へ行くにはいくつもの大岩を壊さなければならない。破壊音が聞こえれば即座に対応すればいいため、奇襲も受けづらくなったと言える。

「これでひとまず安心かな……」

「おーい！　サリー！　こっちで遊ばなーい？」

肩の力を抜いたサリーを居住スペースからメイプルが呼ぶ。空き時間を潰《つぶ》すためのアイテムはいくつもインベントリに入っているのだ。

今までもそうだったように、笑顔で手を振ってくるメイプルを見て、サリーは少し微笑《ほほえ》むとメイプルの元に歩いていく。一夜目はこうして遊んで休んでを繰り返しているうちにどんどん深まっていくのだった。

◆□◆□◆□◆□◆

一日目も夜にもなれば脱落者も当然いるもので、運営陣は現状を確認していた。

「どうです？」

「まあ、概《おおむ》ね想定通りだな。ただ、強力なテイムモンスターを味方につけたプレイヤーが想定より楽に生き残ってるくらいか」

「そういう追加要素ですし。むしろそれでプレイヤーがテイムモンスターで遊んでくれたら本望ってもんですよ」

「夜の強化モンスターは結構プレイヤー倒してくれましたね」

「迎撃態勢を整えていたパーティーと、その辺の何もないフィールドで襲われたプレイヤーで差が出たな」

そうして生存者の分布やプレイヤー名を確認していく。

「【集う聖剣】【炎帝ノ国】辺りはほとんど全員残ってますね。ギルドマスターは言うまでもないですし」

「あいつらのテイムモンスター強いしなあ……ていうか、モンスター強化時間なのに普通に歩き回って探索してるのか……ん、おっ、そうだ【楓《かえで》の木】はどうなってる？」

「あ、あそこは洞窟《どうくつ》ですね。探索は切り上げて迎撃ってことなんですかね」

それなら今頃《いまごろ》モンスター達が押し寄せているのではないかと、映像を切り替える。

すると、そこに映ったのは無慈悲な即死級トラップが大量に敷き詰められ原形をとどめていない洞窟の姿だった。そこにモンスターが意気揚々と飛び込むたびに断末魔とともに消失していく。

「なんてことを……」

「ダンジョン生成してますね……」

「俺達のそれより殺意たけえよ……」

「タワーディフェンスゲームになってる……」

モンスターなど問答無用で倒してしまっていいメイプル達に加減など必要ない。

入れば死。それでもプレイヤーに寄っていくモンスターは止められない。

「まあ、この程度の強化モンスターじゃ痛手にならないのは分かってたが……トラップで始末されるかあ。戦闘すら起こらないとは」

「二日目に期待しましょう、あと彼らも日中は出てきてくれるはずですから」

「もっとシンプルな洞窟で済ませておくべきだったか……」

「それは、そうですね」

「でもそうするとダミーのダンジョンってすぐバレちゃうんですよねぇ」

今更言っても仕方ないと、映像を切り替えて、他の難易度も確認に向かうのだった。

三章　防御特化と新コンビ。

交代で休んではいたものの、結局運営に用意されたダンジョンを遥《はる》かに上回るレベルの殺傷力を持ったメイプル達のダンジョンは突破されず、入り口に積み上げた大岩をモンスターが突き破ってくることはなかった。

最後の見張りを担当していたサリーとカスミが眠っている六人を起こしてまわる。

「メイプル、朝だよ起きて」

「んー、ふぁ……んぅ、おはようサリー、大丈夫だった？」

「何にも起こらなかったね。罠《わな》の起動音は結構聴こえたけど、結局突破はされなかったみたい」

「よかったー。よしっ！　今日も頑張ろー！」

メイプルは頬《ほお》をぺちぺちと叩《たた》いて目を覚ますと、仕切りで区切られた部屋から出る。するともう全員が用意を済ませており、いつでも探索できる状態だった。メイプルはそれを見て、【楓の木】のギルドマスターとして改めて目標を言う。

「あとメダル三枚！　これで最後まで生き残ればメダル十枚だから頑張ろう！」

「じゃあ、今日もどっちに行くかまず決めようか」

サリーがそう言ってマップを開く。しかし、何やら様子がおかしいようで、サリーはパネルをトントンと指で叩く。

「マップが……表示されなくなってる」

「ん、ああ私もだな」

「僕もそうみたいだね。あと、メッセージ機能も使えなくなってるみたい」

現在地の確認と、連絡手段がなくなれば暗闇《くらやみ》の中を行くようなものである。一日目とは異なったその様子に、何か嫌な予感がすると、八人の間に警戒する雰囲気が流れる。

「とりあえず八人で動こうよ！　ばらばらになったら大変だし」

「そうだな。生き残るという目標は達成したい。ただ、何かでバラけた時の目印くらいは決めてから行こう」

しばらく相談して良い案も出たところで、八人は外に出ることにする。

「……よし、じゃあ目印はそうするか」

「……そうね」

「よーし！　じゃあ行こう！」

敵味方関係なく即死するトラップが大量に仕掛けられているため、メイプルは念のため【身捧《ささ》ぐ慈愛】を発動させる。その間にマイとユイが大岩を回収して、八人は外へと向かっていく。

「今日は八人で攻略かあ。これならどんな敵でも勝てそう！」

「そうだね。まあ、一日目でメダルも二つ取れたし、わざわざ分かれなくてもよさそうなのも運がよかったかもね」

トラップを発動させないように、回収できるアイテムは一旦《いったん》回収しつつ、外へと向かっていく。

「っとと、【ヴェノムカプセル】も解除して玉座も回収しておかないと！」

悪魔のようなモンスターが出るのなら、スキルを封印できるかもしれない【天王の玉座】も必要になる。回収できるものは回収して万全の態勢で臨む必要がある。

拾えるものは拾い切った一行はそのまま外へと出る。するとそこは朝の時間帯にもかかわらず薄暗く、空には星一つ見えない闇《やみ》が広がるばかりだった。

「うぅ、なんだか嫌な感じだね……」

「気をつけて……っ！　メイプル！」

外に出て少しすると、八人の足元に漆黒の魔法陣が展開される。メイプルの【身捧ぐ慈愛】の範囲に匹敵するサイズであり、魔法陣の外に飛《と》び退《の》くことは不可能だった。

「大丈夫！　回復の準備だけしてて！」

メイプルがそう言うと同時、全員が漆黒の光に包み込まれ、メイプルはぎゅっと目を瞑《つぶ》ってダメージに備える。しかし、メイプルの体には一切の衝撃がやってこない。

「……よかったあ、大丈夫だよ皆！　……皆？」

悪い予感というのは当たるもので、目を開けたメイプルの周りには誰一人立ってはいなかった。

それだけでなく、メイプルの背後には今出たばかりの拠点もなく、どこか分からない場所だった。

再確認してもマップには現在地が映らず、メッセージも送ることができない。

個別に分散してしまい、連絡も取れない……想定していた中で最も悪い状況だが、それでも想定外ではないだけマシである。

「頑張って生き残ってね、皆……！」

メイプルはメイプルにできることをしなければならない。ともあれ相談しておいてよかったと思いながら、準備を始めるのだった。

◆□◆□◆□◆□◆

全員が完全にばらばらに吹き飛ばされたようで、薄暗い中でサリーは警戒しつつ、開けた場所を目指していた。

「予選が個人戦だったのはこのせい……メイプル、は大丈夫そうだけど……マイとユイが心配だなあ」

ツキミとユキミが上手《うま》く守ってくれればいいと思いながらサリーが移動していると、前方の地面に黒い魔法陣が現れ、そこから悪魔というのが相応《ふさわ》しいような巻角と鋭い爪を持ったモンスターが現れる。モンスターはばさりと羽を広げると、サリーの方に飛びかかってくる。

「朧《おぼろ》、【拘束結界】！　……っ、効かないか！」

サリーは突き出された腕をするりと躱《かわ》すと、脇腹《わきばら》を深く斬り裂いて距離を取る。それを見てモンスターは気味の悪い声を上げると、地面にさらにいくつかの黒い魔法陣を展開し、そこから少しサイズの小さい悪魔を呼び出した。

「朧、【火童子】」

サリーは武器に炎を纏《まと》わせて、ダガーのリーチを伸ばすと真剣な表情で向かい合う。

「後ろからも来てる……！」

戦闘音に引きつけられたのか、背後からも何かがガサガサと近づいてくる音が聞こえ、サリーはいよいよもって集中力を高める。

こんなところで倒されるわけにはいかないのだ。

何よりもまずは背後のモンスターの数を把握しなければならないと、ほんの一瞬背後を見ると、そこにはモンスターと戦いつつこっちにやってくる、見覚えのある姿があった。

「フレデリカ⁉」

「あっ、やっぱりサリー？　助かったー、前衛探してたんだー」

フレデリカはそのまま駆け寄ってくるとぴたっとサリーと背中合わせになる。

「……せめてそれ処理してから来てよ。あと何でここが？」

「ごめんねー。ま、詳しい話は後でー」

「いいよ。それより今はこれを片付けないと！」

一時共闘ということで、二人はそれぞれ武器を構え直す。

そして、悪魔達が飛び込んでくるのと同時に二人も迎撃を開始した。

「【多重炎弾】！　ノーツ、【輪唱】！」

「朧、【渡火】【影分身】！」

フレデリカが撃ち出したいくつもの炎がノーツによってさらに増加し、炎を纏《まと》ったサリーがモンスターに連鎖する炎を放ったことで薄暗いフィールドが一気に赤く照らされる。

「防御は……いらなそー？　じゃあ【多重水弾】！」

範囲攻撃もない数体のモンスター程度ではもうサリーの相手にはならないようで、フレデリカは気を配りつつ、サリーの火力を引き出せるようにモンスターを倒していく。

いつもはドラグに使うことが多い【多重障壁】も、自分に使えるのなら被ダメージを抑えて戦える。フレデリカがダメージを軽減し、回復しを繰り返し、隙を見て攻撃していると、背後から一際大きい声が上がり、見ると大物の悪魔がサリーに斬り伏せられていたところだった。

「こっちも終わらせないと、ノーツ、【増幅】！」

フレデリカがいつものようにいくつもの火球を生み出すと、ノーツのスキルによってそれがより大きくなり強く燃え始める。

「ふぃー、何とかとどめー」

それは残っていたモンスターを焼き尽くし、二人が炎を消すとともにフィールドには薄暗さが戻ってきた。

即席の連携だったが、何度も決闘していれば相手のやりたいことやできることは分かるというものだ。

「ふー、助かったよー」

「一人でも勝ててたでしょ」

「あはは、バレてたー？　ま、ちょっとだけキツかったのは本当。ペイン達の位置も遠いしさー」

「あ、それ。何で分かったの？」

「んー、そういうスキルがあるんだよー。サリーのことだからだいたい察してるとは思うけど。で、連絡も取ったけど遠くてさー」

フレデリカとしては何かあった時に頼れる味方が欲しかったという事だった。サリーとしても、プレイヤー同士の戦闘がない今回のイベントでは二人でいることのデメリットはないため、同行を拒否する理由もない。

「合流しないとダンジョンも行けないしー、そっちも合流したそうだけど」

どうやって合流するつもりかと、フレデリカはニコニコ笑う。

「連絡手段もないでしょー？　ほらそっちは諦《あきら》めて、私達の方に来ないー？」

フレデリカは向こうの方だと指差して、サリーに同行を提案する。

「んー、まあちょっと待っててね、あ」

「えっ、花火？　イベントかな」

サリーとフレデリカからは遠いものの、大きな音とともに星一つない空に輝いたその光ははっきりと見えた。

「あれ、メイプルの目印なんだよね。あそこか……」

「えぇ、花火なんて持ち込めたっけ……」

「いや、あれはメイプル本人が爆弾くくりつけて爆《は》ぜてるだけ」

「……ん？　え、なんて……？？」

フレデリカが内容を咀嚼《そしゃく》しているうちに、サリーは歩き出してしまう。

「あ、待って待ってよー！　ちょうど同じ方向だし、一緒に行こー？」

「ま、いいよ。やばそうだったら置いてくかもだけど」

「くそー……合流手段もなさそうだったし、上手く協力させられると思ったのになー」

いつも上手くいかないとぶつくさ言っているフレデリカを連れて、サリーはメイプルの元へと向かうことにする。

「ドラグはあんまりだけどー、ドレッドとかは索敵能力高いし、誰か見つけてるかもね」

「一時的に味方につけるなら、強いプレイヤーの方がいい……か。ま、選べるほどプレイヤーが見つかればだけど……ノーツが把握してくれる範囲はかなり広そうだね。これは不意打ちも効かなくなったかなあ」

「ノーコメントでー。あ、近くに面白いのいるけどー見てくー？」

「その顔……モンスターでしょ。行かないよ」

「バレたかー」

ただ、それが分かるというだけあって、フレデリカはノーツの能力が続く間、モンスターを上手く回避して先導していくのだった。


「うーん……予定通りだけど……早く誰か来て欲しいなあ……」

メイプルは闇《やみ》に溶け込んで遠目には影にしか見えないシロップの背に乗って、兵器によって空へと打ち上がっては爆発するのを定期的に繰り返していた。途中からただ爆発するだけというのも飽きてきて、本当に花火に見えるように、爆発に反応し、弾けて輝くアイテムなども使ったりしているが、皆が無事か不安でもあり落ち着かない。

「よし、もう一回！【攻撃開始】！」

メイプルはシロップの背から吹き飛んでさらに高くまで飛ぶと、着火された爆弾が爆発するのに合わせて目を閉じて耳を塞《ふさ》ぐ。

そうしていたため、メイプルは横から飛んできた悪魔型モンスターに気付けずに空中でがっしり掴《つか》み掛かられる。

「うぇっ⁉　あ、駄目だよそこにいたら……！」

向こうから飛びついてきた直後、メイプルの体の爆弾が全《すべ》て爆発し、モンスターの体が木っ端微《み》塵《じん》に爆散する。

「わわわっ、ずれっ……シロップー！」

斜めに吹っ飛ぶこととなったメイプルはシロップを移動させようとするが、元々無茶苦茶な手段で宙に浮かせているだけのシロップでは素早く移動することができない。

このまま地面まで垂直落下は免れない。このまま落下するか、もう一度爆発して上手くシロップに飛び乗るチャレンジをするかと考えていると、突然真下に入ってきた柔らかいものにふわりと受け止められた。

「ん、うぅ？　あれ？」

「大丈夫ですか……？」

「全く、いつ見ても驚かされる。妙なことをしているな、メイプル」

メイプルが着地したのは巨大化したイグニスの背だったのだ。そしてそこにはイグニスの主であるミィと何故かマイがいた。

「ミィ！　と……マイ？　なんで一緒に？」

「【楓《かえで》の木】を無理に蹴《け》落《お》とす気もないのでな。道中偶然見かけたからな、連れてきた」

「そうなんだ！　ありがとう！」

「メイプルも気をつけるんだな。どうやら、マップが端から順に闇に飲まれているらしい。端に行くほどモンスターも強力になる。私のパーティーもやられたみたいだ」

「うん、分かった！　気をつけるよ。うーん、ミィにはまた何かお礼しないとね」

「……それなら、見返りとして一つ頼みたいことがある」

「なになに？　何でも大丈夫だよ！」

　メイプルがそう言うとミィはインベントリからお札を取り出し、二人に見せる。

「これを持っていてくれ。何、このイベントが終わる頃《ころ》には消えてなくなる」

「そんなことでいいの？　えっと【印の札】……？」

　効果説明文のないそれを見て不思議そうに首をかしげる二人だったが、ミィはそれ以上何も言わずにマイを降ろしてイグニスの背に乗ってばさりと空に舞い上がる。

「また会うこともあるだろう。それがメダルの奪い合いでなければいいと思っている」

「うん、またねー！　ありがとう！」

「あ、ありがとうございます！」

　ミィは二人に手を振ると、そのまま飛んでいってしまう。思わぬ方法でマイと出会うことができたため、これで早くも残りは六人となった。

「これでマイは守れるし、順調だね！　マイとユイはＨＰも低いから早く合流できてよかった！」

「そうですね。助かりました……【炎帝ノ国】の人達は何かで連絡が取れているみたいでした」

「へぇー、いいなあー。それだったら私がばーんって飛んで合流できるのに！」

とりあえず全員が揃《そろ》わないことにはと、メイプルはまた目印役に戻る。


一方マイをメイプルに預けたミィは、イグニスに乗ったまま空を飛んでいた。

「ふー、上手《うま》く連れていけてよかった。二人も喜んでたしね。さて、急がないと！」

ミィはインベントリからクリスタルを取り出すと、それを砕く。これはマルクスから渡されたもので、マルクスがスキルで生み出した【印の札】と対応しており、それを持っている人物の位置が可視化されるというものだった。

「げっ、パーティーメンバーが三人しか残ってない……これだとダンジョン攻略キツいかなあ……くー、強制転移なんて一気に脱落させにきてるよね、運営は」

とにかく近くの仲間で、位置を示すマーカーの移動が激しい、戦闘中と思われるものから順に合流しようとミィはイグニスを飛ばすのだった。


闇によって行動範囲が小さくなってきていること、そして強力なプレイヤー同士は一度出会えば共闘を続けることもあって、別の場所でもトッププレイヤー二人がモンスターの群れの相手をしていた。

「くっ！　何とかならないのかこの数！」

「これでも有利属性ではあるんですけれど……！」

ミザリーとクロムは数十ものモンスターに囲まれながら脱出の機会を窺《うかが》っていた。かつてジャングルでのイベントでも共闘した二人だったが、あの時と違いＨＰ回復ができる。ミザリーはＭＰのほとんどをクロムの回復に回し、クロムはひたすらミザリーをかばって死にかけては死の淵《ふち》から戻ってくるのを繰り返す。

「ネクロ、【バーストフレイム】！」

「【ホーリースピア】！」

ミザリーの魔法も今フィールドに跋扈《ばっこ》している悪魔型モンスターには有効だが、それでも大盾と回復魔法専門の二人では攻撃力が足りていない。

「死なねえ！　でも殺せねえ！」

「そうですね……モンスターの追加召喚も打ち止めのようですし……」

クロムにもミザリーにもダメージ軽減スキルやダメージ無効スキル、蘇生《そせい》スキルが残っている。一度や二度崩されたところで容易に立て直せるのは【楓の木】にはないしぶとさと言える。クロムはネクロの形態をガシャガシャと切り替えて攻撃と防御を繰り返す。

「凌《しの》げはするがこいつら足も速えしなあ……ミザリー何とかならないか！」

「……耐えていてください！　期待できる助けはあります！」

「オーケー、信じるぜ！　【活性化】！　ネクロ、【幽鎧・堅牢《けんろう》】！」

クロムはネクロを防御特化形態にし、攻撃を的確に弾いて、ミザリーの言うように時間を稼ぐ。

回復能力に長《た》けた二人ならダメージこそ受けるものの、耐久戦略が成立する。

【炎帝ノ国】のミィ達と違い、大盾を持つクロムなら、攻撃に転じる必要がないのであればモンスターに囲まれていても強固なガードを生かしてかなりの時間耐えられる。そうしてしばらく、気の抜けない戦闘が続き、クロムの集中力が切れてきて被弾が少しずつ増えていく。

「【デッド・オア・アライブ】の運次第で変わるが……その助けっての、そろそろ来てくれると助かるぞ！」

「はい、大丈夫です。今、来たみたいです」

「ん、おおぅっ⁉」

ミザリーのその声と同時に二人ごと周りのモンスターを包み込む大火球が降ってきて地面を炎が走っていく。クロムがネクロの力を借りて放つ炎とは比べものにならない程の威力のそれは、クロムがじりじりと削るしかなかったモンスターのＨＰを一気に削り切り、光にして消し飛ばしていく。

「うぉ……すげぇ……」

「ふぅ、これで一安心ですね。ミィ、ありがとうございます」

「ああ、ミザリー無事でよかった。ん、ここにも【楓の木】のメンバーがいるのか」

「ん？　他に誰か見たのか」

「双子の、マイだったか。まあ訳あってな、メイプルの元に届けたところだ」

「おお！　それは助かるな」

「ミィ、この後はどうしますか？」

「シンとマルクスは生きているだろう。合流に向かおう」

「んー……なら、俺もついていっていいか」

クロムがそう言うと二人は不思議そうな顔をする。それもそのはず、クロムは二人とは目的が全く違っているのだ。

「いや、ミザリーと合流する前に何人かのプレイヤーの悲鳴を聞いてな？　この広いフィールドでこうもプレイヤーに会うんなら、転移先がある程度決まってるのかと思ってな」

それならば、マルクスやシンの近くに【楓の木】のメンバーがいる可能性もある。また、ミィ達にとっても強力な盾役がいるというのは心強い。連れていくメリットもきっちりあるという訳だ。

「構わない。いいなミザリー？」

「ええ、大丈夫です」

「よし、ならそれで頼む」

三人はイグニスの背に乗って、早急に合流すべく空を行く。

「この近くにいるのか？」

「少し遠い、山を一つ越えた向こうだな」

「合流させる気はほとんどないのかもしれませんね……フィールドも縮んできているとはいえ、まだまだ広いですし」

「三日目になればまた変わるかもしれない。とにかく、強化モンスターが現れる時間帯になるまでに拠点の設営まで行わなければな」

悪魔型モンスターは大量に溢《あふ》れており中々強力だが、二日目の強化モンスターという訳ではない。このまま合流できずにモンスターが強化されれば、さらなる犠牲が予想できる。

「ついでにウチの誰かも見つかるといいが……んん？」

「どうかしたか」

「もしかしたらウチのメンバーもいるかもな。一日目に巻き込まれた覚えのある爆発だ」

イグニスの向かう先、雷や炎が暗闇《くらやみ》を裂いて光るのを見たクロムは、怒らせると怖い生産職の姿を思い浮かべるのだった。


「……どうしようかしら？」

「どうしようって言われても……二人じゃどうにも……」

岩と蔦《つた》の壁で守りを固め、その中に引きこもっているのはマルクスとイズだった。

二人とも設置や準備の時間がなければ戦えないタイプのプレイヤーなため、何とかしようと逃げ回っていたところで鉢合わせたのである。

「マルクス、あとどれくらい耐えられそうかしら？」

「……今の設置量だと……ご、五分かな？」

「私もフルパワーでアイテムを作るから、防衛を交代しながら進むしかないわね！」

イズはそう言うと工房を展開して次々にアイテムを作っていく。そしてマルクスが言った通りきっちり五分で壁が破壊されモンスターがなだれ込んでくる。

「これで、どうかしら！」

しかし、そのモンスターはイズが生産した氷の結晶が生み出した氷壁によって妨げられた。二人はそれに合わせて少し移動しつつ、何とかいい地形に逃げ込めないかと考える。

「今度はこっちでやる。またアイテム作っておいて……」

「そうね。仕方ないけれど、今回も高くつきそうだわ」

手持ちのゴールドの残量も考えつつ、マルクスとイズでかわるがわるせっせと罠《わな》とアイテムを生産して何とか生存を続ける。

「うぅ、ジリ貧なんだけど……ミィ早く……」

「……洞窟《どうくつ》があるわ！　あそこなら迎え撃てるんじゃないかしら！」

「ん、でも、ちょっと距離あるよ」

「一瞬で行ける方法があるわ！」

「本当……助かるなあ……ぇ？」

イズはインベントリから水の塊を取り出す。それはふよふよと浮かんで二人の足元に漂う。

「フェイ！【アイテム強化】」

「っ、これ絶対！　メイプルがよくやるやつ！」

「正解っ！　しっかり掴《つか》まってね！」

「わっ、わっ！」

イズはマルクスを掴んだまま足元の水球を踏みつける。すると強化された水球から凄《すさ》まじい量の水が一気に溢れ出し二人を吹き飛ばすようにして押し流す。そして、モンスターの群れを抜けてそのまま洞窟に転がり込むことに成功した。ここからは迎撃だと構える直前、二人の足元が白く輝き、光が二人を包んでいく。

「これって」

「うわあ……転移だ……」

発動してしまえばどうしようもなく、二人はそのまま洞窟から消えて別の場所に飛ばされる。

光が収まり、二人が目を開けるとそこは壁が石レンガでできており、地面はサラサラとした砂で覆われている通路だった。背後はすぐ壁になっていて、先程まで悩みの種だったモンスターはいないようだが、新たな問題が発生する。

「ダンジョンに、入っちゃったわね」

「ふ、二人で？　ど、どうしよ……」

後方支援役二人ではボス次第では詰みである。

「ミィも【印の札】を見ただけじゃ転移先までは来れないし……うわ、やばいやばい」

「どうしようかしら。このままダンジョンの中で過ごすのはどう？　他に人が来ないとも限らないわ」

「一定時間以上いると強力なモンスターが出るんだ……一日目に酷《ひど》い目にあったよ」

思い出すのも嫌だというようすのマルクスを見て、イズにもそれが嘘《うそ》ではないことが分かる。

「となると、困ったわね。何とか攻略するしかないかしら」

「うん。そうするしかないかな。出し惜しみしてられる状況じゃないし……クリア、【透明化】」

マルクスの頭に乗っていたカメレオンがスキルを発動すると、エフェクトがマルクスとイズを包んでいく。

「これでぶつかったりしなければ見つからないから……まあボスには効かないだろうけど。外のモンスターにも効かなかったし、困るよ」

「なるほど。いい能力ね！　罠使いなら尚更《なおさら》だわ」

「そ、そうかな？」

二人はこれで雑魚《ざこ》モンスターから視認されなくなり、観察しつつダンジョンを進めるようになった。

「砂……ジャングルのイベントの時の遺跡に似てるかな」

「クロムとカナデも攻略したっていうアレね。確かにそんな感じがするわね」

そうして進んでいると、地面の砂が盛り上がって砂でできた大きな槍《やり》と鎧を装備したモンスターが起き上がる。そのモンスターは体まで砂でできているようで、さらさらと砂をこぼしつつこちらへ向かってくる。

「大丈夫。あの感じなら、見えてない……はず」

「端に寄っておくわね」

イズとマルクスはピタリと壁に張り付いてじっと砂の兵が通り過ぎていくのを待つ。クリアの【透明化】はしっかり効いているようで、二人は見つかることなくほっと息を吐く。

「ふぅ、これなら一番奥までいけそうね」

「うん、とりあえずここから出ないとどうしようもないよ……」

二人はそのままダンジョンをボス部屋目指して奥へ奥へ進むのだった。

クリアの力もあって、二人はボス部屋前には難なく辿《たど》り着《つ》くことができた。問題はここからである。

「ど、どうしよう。ここまではこれちゃったけど……」

「そうねえ。まあやるしかないんじゃないかしら」

「だよね……」

「ほら、頑張らないと。それに、扉の前ならいくらでも準備ができるでしょ？」

「えっ？　うん、まあ」

二人は基本的にアタッカーがいる状態でそれをサポートするメンバーとしてダンジョンに挑む。普段は自分達がダメージを出すための準備をしても時間がかかるだけのため、しないのである。

だが、今はそうはいかない。

「どんな相手か分からないけれど、準備する時間を与えると怖いって分からせてあげないとね」

「……うん、そうだね。分かった。僕も第四回イベントの時とは違うよ」

そうして二人は作成に時間がかかるアイテムや、発動に時間がかかるスキルを用意し、完全に準備を終えて扉を開け中に入る。

中は広い空間となっており、床はまるで砂漠のように砂ばかりだった。そして、部屋の最奥には砂岩でできた玉座があり、道中で見た兵より立派な砂の槍を持ち、赤いマントと金の鎧《よろい》を身に纏《まと》った王と呼べるような者がいた。

それは二人が部屋に入ると同時に、クリアによって透明になっていることも御構いなしに、座ったまま地面を槍でコンと突《つ》く。すると、手前の砂から兵士がずらりと並んで起き上がった。

「そっちが兵士なら……こっちは城だよ。【設置・一夜城】！」

マルクスがスキルを発動すると二人を囲むようにして大きな壁がせり上がり、砦《とりで》を形成する。マルクスはさらにスキルを発動させ、悪魔モンスターから身を守った時のように、蔦や岩でいくつものバリケードを作る。そうしているうちに、イズはマルクスが生み出した砦にアイテム、砲台を並べていく。

「普段はメイプルちゃんの【機械神】で十分だけど、今なら使えるわ！」

「あとはこっちも兵士だ。【遠隔設置・水の軍】【遠隔設置・花の騎兵】」

あくまでもトラップなため、モンスターが近くに来たら発動するもので、使い切りで効果も短いが、召喚された砂の兵と潰《つぶ》し合えば数の不利は元に戻せる。

「守るのは得意だから……ボスをお願い」

「分かったわ。砲弾のプレゼントね！」

イズはフェイによって砲弾と大砲を強化し、砲弾に【リサイクル】をかける。これで、部屋の奥まで容易に届き、かつ複数回爆発する世にも珍しい砲弾の完成である。

「全弾、放つわよ！」

砦に並べられた大量の大砲から撃ち出された弾は玉座に向かって正確に飛び、その一帯が爆炎に包まれる。

「うわ……せ、生産職って嘘じゃないの？」

「あら、本当よ。ちょっと、攻撃もできるようになってきただけ」

「ちょっと……？」

「あら、話してる余裕はないみたいよ。まだまだ元気だわ」

「……まあ、ボスだからね。でも……」

「ええ、準備は万端だもの」

イズはインベントリからさらに多くの砲台と爆弾がセットされた投石機を取り出し、マルクスは砂の兵を押し返す勢いでトラップを遠隔設置していく。爆弾は砂の兵を倒し、前線を押し上げ、マルクスのトラップが敷かれているエリアを広げていく。

「よし……じゃあこのまま距離を詰めるから」

「ええ、大丈夫よ」

「【チェンジ】」

クールタイムは長いものの、設置した罠二つの位置を入れ替えるスキル。クールタイムが長い理由はこれがただの便利スキルではないからだ。

砂の兵を押しのけ王のすぐそばに設置したトラップ。それと交換するトラップは決まっている。

「あら、こんなに近いと狙《ねら》いやすいわね」

位置を交換したのは当然【一夜城】である。そして、そこからは王に向けていくつもの大砲が向けられ、さらに接近した際に使うための爆弾がゴロゴロ転がっている。

大量のトラップと砦によって後ろで召喚される砂の兵をシャットアウトして、インベントリをからにする勢いで爆弾を王に放り投げる。

「拘束くらいはできるよ……」

ガチガチに強化された拠点ごと接近されては指揮官タイプのボスでは分が悪い。マルクスによって四肢を縛り上げられ、それでも槍を突き出した所でボスは天井まで届くような爆発に包まれ、砂になって消えていったのだった。

「思ったより何とかなったわね？」

「やっぱり……【楓《かえで》の木】って変だよ。あ、メダルだ」

「あら、私も手に入っているわ。これなら二日目は合流と拠点作成に割いても大丈夫かもしれないわね」

「あ、そうだ。合流しないとだった……」

と、ここで二人の体が光に包まれて、元のフィールドへ戻っていく。元の場所へ戻るということはまた、あのモンスター達に囲まれるということで、二人は警戒してそれぞれ構えるが、モンスター達はいなかった。

代わりにそこにいたのは二つの火球を操るミィと回復に専念するミザリー、そしてほんの少し前までモンスターに囲まれていたのだろうクロムだった。

「お、本当にいた。イズ、無事みたいだな」

「マルクスも無事だったか、よかった」

「うん、まあ……なんか色々あったけど結果的に無事？　だね」

「それに、メダルも手に入れていたようでしたけれど……？」

「俺の方にも通知が来たってことは二人でやったのか？」

「色々と相性が良かったの」

「うん……そうだね」

嬉《うれ》しい誤算だったたと、メダル一枚を得たことでそれぞれが笑みをこぼす。三人は【印の札】の反応が消えたあたりでマルクスを待っていたのである。

「クロムと合流できたのは良かったわ。これで安心してメイプルちゃんのところまで行けそうね」

と、ここでクロムが同行している理由をイズに説明する。それを聞いて、イズもまた同行することとなった。人数は多いに越したことはない。

「ただ乗せてもらうっていうのも悪いし、いくつかポーションを渡しておくわ。ミィなら分かると思うけど、私の特別製よ」

「ああ、助かる。シンを見つけたらメイプルの元まで送って行こう。それくらいは構わない」

「ありがとう、助かるわ」

「……ねえ、迎えに行こうとしてるところ悪いんだけど……シンの【印の札】っぽいのが消えたかも」

「何？　そう簡単にやられるとも思えないが……」

シンの実力をよく知っているミィは怪訝《けげん》そうな顔をする。であれば、反応が消えるケースはもう一つだけである。

「ダンジョンに……入ったのかも？」

マルクスが自分でもほんの少し前に体験したことである。そして、その推測は当たっているのだった。


「んー、困ったことになったなぁ」

「ああ、まさか魔法陣の規模があれ程大きいとはな」

そうやって言葉を交わしているのはシンとカスミだった。カスミは近くに【楓の木】のメンバーがいないか探すためにハクを【超巨大化】させて移動していたため、見る人が見ればすぐにカスミだと分かる。そこに【楓の木】のメンバーではなくシンがやってきたというわけである。

そして、そんな二人のいる森一体を包み込むように風が巻き起こって、内部にいるプレイヤーを無差別にダンジョンに転移させたのだった。

二人にも先程、メダル獲得の通知が来たばかりである。こんなことが起こったためか二人にもそれがどういう経緯で獲得に至ったのかを何となく察することができた。

「どうして発動したかは知らないが、せめてもの救いとしてハクを動かせるスペースはあるかぁ」

「そうだな。ただ……かすかに悲鳴も聞こえる。注意しておいた方がいいだろう」

カスミはハクにいつでもかばってもらえるようにその巨体を隣に置きつつ森の中を進む。森はフィールドと同じように薄暗く、いつ何がでてもおかしくないような不気味さがあった。悲鳴が時折聞こえるだけだったその森で、急に地響きが聞こえ、二人は身構える。

「……！　カスミ！」

「ああ、来るぞ！　【心眼】！」

カスミはスキルを使い、敵の攻撃を予測する。そこで見えたのは、視界全《すべ》てがダメージ範囲として赤く表示される光景だった。

「シン！　こっちだ！」

「お、おう！」

退避は間に合わないと悟ったカスミは即座にハクに二人を中心にとぐろを巻かせて鱗《うろこ》を硬質化させる。

その直後、硬いもの同士がぶつかる大きな音が響き、二人は上を見る。そこからは、ハクに弾かれて軌道が変わった大ムカデがハクの上をするりと抜けていくのが見えた。そして再び地響きがしてカスミの視界にダメージ範囲が映らなくなったところで二人は肩の力を抜く。

「うげぇ、甲殻も硬そうだったぞ。あんなもん、なんとかできるのか？」

「悲鳴を聞くに恐らく他のプレイヤーも飛ばされてきている。そもそも一人や二人で倒すものでもないのだろう」

「だよなぁ、面倒なことになったなぁ」

「だが、倒さないことにはどうにもならないだろう。ここにずっといる訳にもいかない」

「だな。よし、ムカデ退治といくか！　ウェン【覚醒《かくせい》】【崩剣】！」

鷹のテイムモンスターが飛び出すと同時に、エフェクトとともにシンの剣が分裂し空中に漂う。その量は第四回イベントでカスミが見た時よりもさらに増えており、これを自在に操作できるのであれば相当な攻撃力になることが分かる。

「また増えたな？」

「ああ、ウェンも手数重視だからな。そっちのサリーなんかは俺と相性悪いかもな」

「サリーなら、涼しい顔で避けるかもしれないが……」

「まぁ、ありえるなぁ。でもいつか戦ってみたい」

「ギルドホームに来るといいさ、特にフレデリカはよく来ている」

「アリかもな、サリーに当てられれば超一流だろ！　っと、そろそろやるか！」

「ああ、そうしよう」

カスミはハクの防御を解くと、両脇に【武者の腕】を呼び出して、戦闘態勢をとる。そうしているとまた視界がダメージ範囲に覆われる。

「正面から来るぞ！」

「オーケー、ウェン【風神】！」

カスミの合図に合わせてシンが風の刃と【崩剣】を放つ。それは飛び出してきた大ムカデの頭部から胴体を斬り裂いていくが、それでも動きは止まらない。

「ちっ、中々硬いな！」

「ハク！」

もう一度潜らせはしないと、横からハクを突撃させ、そのまま噛《か》みつき締め上げる。その隙にカスミは、大ムカデの胴体に飛び乗ってスッと刀を構える。

「【二の太刀《たち》・斬鉄】！」

一気に振り下ろされた刀が大ムカデの防御を貫通し、甲殻を割いてその体を深く傷つける。手応《てごた》えは十分で、そのままハクが体を締め上げ、一気に頭から胴体辺りまでを噛みちぎった。

「おいおい、すごいパワーだなその蛇」

「ふふ、自慢の相棒でな」

しかし、カスミが大ムカデから降りてシンの元まで行こうとした時、背後で千切れた体と頭がぐねぐねと動き出し、ハクの拘束を抜けて両方地面に潜っていってしまう。

「やけに早く死んだとおもったけど、こっから本番ってことか？」

「恐らく。【心眼】の効果も切れた。シン、警戒を怠るな」

そうして二人が地響きに注意していると、また大ムカデが近づいてくる気配がした。その予感は的中し、二体のムカデが飛び出してくる。違っている点は少しサイズが小さくなっていることくらいで、全身きっちり再生した状態で二人に飛びかかってきた。

「カスミ！」

「ああ！」

必要以上に言葉を交わさずとも、二人はそれぞれ一体ずつと向き合い、それぞれの武器を振るう。

「逃すか、ウェン【風の檻《おり》】！」

「ハク、そのまま掴《つか》んでいろ」

両脇の武者の腕と共にカスミの刀が振り抜かれ、先程と同じように斬り捨てられる。シンの方もウェンによって空中にムカデを捉《とら》えて自在に飛ぶ剣によって滅多斬りにしていた。

「耐久力は落ちてるなぁ」

「ああ、かわりに少し素早くなったように感じる」

「また分裂しやがったな。しかも、分裂後は確定で逃げられるか……」

ハクの拘束もウェンの【風の檻】も関係なく、逃げてはまた襲ってくる。それを繰り返しているうちにムカデは倍に倍にと増えていき、十六体となった。八匹の時点でも攻撃をすり抜けたムカデがカスミにダメージを与えていたため、正面からの迎撃は難しくなってきていた。

「くっ、小さくなっても攻撃力は変わらずか……」

「ただ、ＨＰは低くなってる。ここからは俺の方が活躍できそうだな！　カスミ、倒し損ねた奴《やつ》にだけトドメを頼む！」

「ああ、迎撃は任せる」

そうしていると次の襲撃が発生し、三百六十度囲むようにして飛びかかってくる。

「十六匹程度なら、楽なもんだ！」

ウェンの【風神】によって生み出された風の刃がムカデ達を等しく斬り捨てていき、それを生き残ったものから順に飛翔《ひしょう》する剣が串刺《くしざ》しにしていく。

「ＨＰを減らしたのが運の尽きだなぁ！」

結局シンの攻撃をすり抜けることはできず、カスミが攻撃する必要もなく三十二体、六十四体のムカデ襲撃もクリアする。

「これは範囲攻撃がないと地獄だなぁ」

「次は百二十八体だろうか？」

「どうだろうな？　ま、数では俺に勝てないさ」

そう言っていると、今までのそれをはるかに超える地響きがして最初の一体よりも大きなムカデが鋭い顎《あご》をギラリと光らせて迫ってくる。

予想していたものと大きく異なるそれに不意を突《つ》かれて反応が遅れたシンとは違い、カスミは咄《とっ》嗟《さ》に刀を向ける。

「【紫幻刀】！」

飛びかかるムカデを押し返す勢いで、高速の連撃が叩《たた》き込《こ》まれる。両脇の武者の腕もそれに反応して凄《すさ》まじい速度で刀を振るい、ムカデの甲殻が頭から順にひび割れていく。

スキルの終わり、幾本もの刀がムカデを囲むようにして現れ、一気に収束する。囲んで飛びかかる強さはそのままムカデに返ってきたようで、そのままムカデは光となって消えていった。

「はー、なるほど。次倍になったら百の大台だもんなぁ。そこで打ち止めだったか……にしても、随分小さくなったなぁ」

「うるさい。あまり見ると斬るぞ」

カスミが咄嗟に発動したのは現状の最高火力スキル。となれば、デメリットで体が縮むというものだ。できる限り使わないようにしてはいるが、出し惜しみすべきでない場面では使うしかない。

「ハク、乗せろ。くっ……た、高いな」

「あー、手伝おうか？」

「少しすれば戻る。何だその子どもを見るような目は！」

「はははっ、いや本当、カスミのギルドはどいつも面白いスキル持ってるなぁ」

そこで二人にメダル獲得の通知が流れ、体が光に包まれていく。

「体が元に戻るまでは戦闘には参加できない」

「ああ、いいんじゃないか。ミィも向かってきてるだろうし、それにその蛇がいれば多少のモンスターは何とかなるだろ」

カスミが何とかハクによじ登ったところで二人は元のフィールドへと転移していくのだった。

◆□◆□◆□◆□◆

イベントも二日目になり状況が一変したことで脱落した面々。
彼らはどの難易度に挑戦していたかや、どんなボスに負けたか語るため、掲示板に集い始める。

354名前：名無しの大剣使い
分断は予想外すぎた
個人戦は予選で終わったって油断してたわ

355名前：名無しの槍使い
それ
難易度普通でもソロだとかなり厳しいよな
テイムモンスターいたのに

356名前：名無しの魔法使い
俺も合流できなくて終わったわ
やっぱ空を飛べるモンスターが便利だよなぁ

357名前：名無しの弓使い
人を乗せられるってなるとかなりレアだし
レベルを上げられないまま予選が来たら本末転倒だったしで
結局俺は飛行型は諦《あきら》めたよ

358名前：名無しの槍使い
ていうか難易度普通でこれなら最高難易度はどうなってんだ

359名前：名無しの大剣使い
いや普通に地獄だった

360名前：名無しの槍使い

お、参加できたのか
詳しく聞かせてくれ

361名前：名無しの大剣使い
せっかく挑戦できたし選んだけどやばかったわ
あっちこっちから悪魔が湧《わ》いてきてそれが強いのなんの

362名前：名無しの魔法使い
なにそれこわい
メイプルちゃんみたいなのが湧いてきたってこと？

363名前：名無しの大剣使い
当たらずとも遠からずって感じ？
予選で結構イケたから生き残れると思ったけど
飛ばされた位置が悪くてダメだったわ

364名前：名無しの弓使い

せめて共闘できるプレイヤーが転移先にいればな
共闘とかして何とかなったかもなんだが

365名前：名無しの大剣使い
それな
雑魚《ざこ》モンスターもかなり強くなかった？
油断した一瞬で一気に崩されたんだが

366名前：名無しの弓使い
一日目にペインのパーティーが戦ったところみたわ
ダンジョン探してガンガン歩き回ってるみたいで差を感じた
最高難易度ってあのクラス用のなんだろうな

367名前：名無しの槍使い
最高難易度怖すぎ
参加しなくてよかったわ

368名前：名無しの魔法使い
俺はむしろ参加してみたかった
量産型悪魔メイプルちゃんに蹂躙されてみたい
……みたくない？

369名前：名無しの大剣使い
悪魔に会う前に死ぬと思う
あっちこっちで戦闘音とモンスターの足音が聞こえてて安全地帯なしって感じだった
空もモンスターがいるっぽかったし

370名前：名無しの弓使い
定期的に何か空で爆発してたよな
テイムモンスターに乗ってたプレイヤーも撃ち落とされてたと思う

371名前：名無しの大剣使い
あ、俺もその爆発見たわ
何回も同じ辺りで起こってたしダンジョンのトラップかもな

372名前：名無しの魔法使い
フィールドはモンスター
ダンジョンはトラップ
確かに地獄だな

373名前：名無しの槍使い
最高難易度挑戦ニキお疲れやで

話題になった爆発が、まさかメイプルが自爆で目印になろうとしていただけだとは夢にも思わないプレイヤー達は、三日目の感想を楽しみにしつつ、ダンジョンについての話などを続けるのだった。

◆□◆□◆□◆□◆

あちこちで色々と戦闘が起こっている中、メイプルとマイはシロップの背中で平和にお茶会をしていた。

「わっ、またメダルだよマイ！」

「本当ですね……皆さん一人で攻略しているのでしょうか……？」

「うーん、本当に全然誰もこないもんね。今も結構目立ってるはずなんだけど……」

メイプルは兵器を無駄遣いしすぎることのないように、今は緑の洋服に着替えて【ポルターガイスト】で極太のレーザービームを空へ放った状態で固定している。

そのため暗い空に光の柱が出現してブンブンと振り回されている光景が遠くからも見て取れる状態だった。

「あっ、またモンスター飛んできたよ！」

もちろんこれは元はレーザーなため、振り回せばビームサーベルのようになる。飛んできた悪魔はこれで羽を焼かれて速度を落としながらも向かってくるが、そこはマイの出番である。マイはシロップの背に置かれたテーブルの下から鉄球を取り出すと、手首のスナップを利かせて放り投げる。

それはレーザーの光で照らし出された悪魔の頭部に正確に命中し、風船を割ったようにして爆《は》ぜさせた。

「ナイスピッチング！」

「あ、ありがとうございます」

「むぅ、すぐに皆来ると思ってテーブルも出したけど……結構遠くに飛ばされたのかなあ」

「でも皆さんまだ無事みたいですし、強い方ばかりですからきっと待っていれば来てくれますよ」

「私達は場所分からないしね……あ、紅茶のおかわりいるー？」

「あ、はい。いただきます」

こうして地上の地獄など別世界のことのように二人はお茶会を楽しむのだった。


メイプル達のいる空が比較的安全なのに比べて、地上はモンスターが全くいない場所を探す方が難しい状態だった。場合によってはダンジョンの中の方が安全と言ってもいいくらいである。そんな中、【楓《かえで》の木】同士でうまく合流できたカナデとユイはモンスターから逃れ、小柄なのを生かして大木のうろに隠れていた。カナデだけではユイを守り切るのは難しい、そして今もうろに向けてモンスターはどんどん近寄ってきている。

「ふー、助かったよ。僕だけじゃあ生き残れなかったかもしれない」

「よく言うぜ。まあこっちもちょっとばかし困ってたからな」

うろの前に立っているのはドラグだった。フレデリカと二人での立ち回りを基本としているため、支援役なしでは真価を発揮しきれないのだ。

「ギブアンドテイクってことで。ここ凌《しの》ぎ切ったらお別れでもいいからさ」

「ま、フレデリカもこっち来てるらしいからな。妙だがサリーもいるらしいぜ」

「連絡取れるんですか？」

「ああ、一応な」

「もう少し耐えれば何とかなるかな。サリーもいるならメイプルのところまでは行けそうだね」

レーザーがブンブン振られている地点まではもうほんの少しなのだ。後はこの波を凌ぎ切ればいい。

「【ホーリーアーマー】【ホーリーエンチャント】」

カナデはまずドラグの鎧《よろい》と武器に光を纏《まと》わせる。これで多少ダメージを受けたとしても被害を抑えられ、与えるダメージも上昇する。

「ダメージカットのスキルならソウが使ってくれるから、心配せずに戦ってね」

カナデはそう言ってうろの中でソウを呼び出すと自分の姿に変身させる。

「は、そりゃあ頼りになるぜ。アース、【地震】！」

ドラグの隣にいるゴーレムが両腕で地面を叩きつけると、そこを中心として激しい揺れが発生する。空を飛んでいる悪魔には影響はないが、地面を這《は》いずるゾンビ系などはその動きを止められる。

「【土波】！」

ドラグがスキルを発動すると地面が波打ち、大きく盛り上がり、モンスター達を押し返していく。

さらにドラグの全《すべ》ての攻撃にはノックバック効果がついているため、モンスターはより遠くへと弾き飛ばされる。上手《うま》くノックバックを生かし相手の体勢を崩す戦い方以外にも、ドラグには相手を押し返し続けて接近を拒否する能力が豊富にある。ドラグの攻撃を受けている限りノックバックは必ず発生するため、簡単には近づけない。

「すごいです！　私もあんなことができたらもっと戦えるんですけど……」

「得意不得意、向き不向きがあるからね。力を発揮できるタイミングまで待てばそれでいいんだよ」

「はい！」

「っと、【防護結界】！」

「ナイスガード！　フレデリカにも負けちゃいないぜ！」

「……そーいうこと言ってると、もー助けてあげないよー？」

ドラグがそんなことを言ったところで、茂みを掻《か》き分《わ》けてフレデリカが姿を現す。

「おっ⁉　もう来たのか、いやー助かったぜ！　案外早かったな」

「助けてあげないって言ったばかりなんですけどー……もー【多重障壁】！」

フレデリカがドラグの援護に回ったのを見て、サリーは一旦《いったん》カナデとユイの元までやってくる。

「二人がこんなところにいるなんて。ま、無事でよかったよ」

「メイプルまでもうちょっとってところでモンスターと出くわしてさ」

「最初はドラグさんと一緒に戦ってたんですけど、私が危なっかしくて……あ、そうだ！　サリーさんドラグさんを助けてあげてくれませんか！」

フレデリカが来たとはいえ二対多なため、ユイは心配そうにドラグの方に視線を送る。特に今回は結果的に上手く守ってもらっただけになってしまい、申し訳なさそうな表情を浮かべていた。

「大丈夫、来たのは私とフレデリカだけじゃないから」

「えっ？」

「【範囲拡大】【断罪ノ聖剣】！」

「【旋風連斬】！」

ドラグの作った土壁の向こうから声が聞こえ、直後、光の奔流がフィールドを照らす。パリンパリンといくつも音が重なって聞こえ、モンスターが消滅していくことが三人にも分かった。

「前よりかなり強くなってるなあ……今の、テイムモンスターも使ってないし。今回の本戦がPvP要素のないイベントでよかったよ」

「流石《さすが》って感じだね。ペインとドレッド」

モンスターを消しとばしたのはペインとドレッドだった。二人は武器をしまうとドラグとフレデリカの二人と会話をする。

「駄目みたいだねー。他のパーティーメンバーからは反応はなかったかなー。構成上、大盾使いとバフデバフ担当だったし……転移先が悪かったかも」

「そうか。俺達の拠点はどうだ」

ペインの言葉にフレデリカは首を横に振る。今回ペイン達のパーティーが拠点としていた場所はマップの端の方だったため、強力なモンスターの巣窟《そうくつ》となってしまっていたのだ。

「場所探しからやり直しか、面倒だ……」

「まあ、仕方ねえぜ。拠点がないと継続的な探索も難しいからな」

その会話が聞こえてきたサリーは、少し考えた後ペイン達の方に歩いていく。

「あの、少し交渉したいことがあるんですけどいいですか？」

そうして、サリーはペインにとある提案をするのだった。

◆□◆□◆□◆□◆

「このお菓子どうー？　七層のお店で買ったんだー」

「美味《おい》しいです！　ユイにも後で教えてあげようかな……」

「ふふー、他にもあるよー。あ、待って！　何か来た！」

メイプルが暗闇《くらやみ》の向こうから何かが飛んでくるのを見て、兵器を向けていつでもレーザーで焼けるように準備する。マイも鉄球を取り出して、メイプルと同じ方を向く。

「あれ？　あれは……」

メイプルがよく目を凝らすと、それはモンスターなどではなく、イグニスとレイだった。その背にはそれぞれ【炎帝ノ国】と【集う聖剣】の面々、そしてまだ合流できていなかった【楓の木】のメンバーが乗っているのが見えた。

「予想より早かったが、また会ったなメイプル」

「ミィと皆も！　そっちはペインさんと、ええ？　な、何があったの？」

「タイミングまで同じとは思わなかったが、サリーと俺が考えてることは同じだったみたいだな」

「そうみたいですね」

つまり、二人がそれぞれのギルドに提案したこととは拠点の提供だった。【楓の木】の拠点はマップの中央近くにあり、モンスターもそこまで溢《あふ》れかえってはいない。

拠点を提供する代わりに防衛戦力になってもらおうという訳である。

「おー！　いいね！　皆がいたら賑《にぎ》やかだし、モンスターにもばんばん勝てそうだしっ！」

メイプルは笑顔でそう返すとようやく合流できた【楓の木】の面々をシロップに乗せ直して、先導しつつ拠点のあるあたりまで飛んでいく。

「んーと、サリー、この辺だったよね？」

「うん、あの山の位置は変わってないし、ここの麓《ふもと》で大丈夫なはず」

メイプルはそのままゆっくりとシロップの高度を下げて着陸する。しばらくその辺りを探すと拠点を示す看板があり、見覚えのある洞窟《どうくつ》に戻ってきた。

「ふー、良かったあ。じゃあ一旦拠点に戻ってからできたら探索だね」

「って言っても合流に時間かかったし、設営次第ではモンスター強化時間入っちゃうかも」

それならまずは急いで拠点設営だと、全員で洞窟の中へと入っていく。トラップの再設置にも時間がかかってしまうため、奥へ進みながら設置していく。

「うわ……何この殺傷力だけ考えたトラップ……」

「マルクス、貴方の罠もどこかに設置しておいてもいいんじゃないですか？」

「うん、頼んでみるよ。それに一本くらい僕らが出る時に発動しないトラップだけのルートがあった方がいいよ……ミスして踏んだらおしまいだよ？」

メイプルが常に【身捧《ささ》ぐ慈愛】を発動しているため【楓の木】の面々は毒沼などに突っ込んでも問題ないが、他のギルドはそうはいかないのだ。

そうして、マルクスも設置に加わりつつ最奥へと辿《たど》り着《つ》く。追加で八人増えたためスペースの使い方も変わってくる。

「サクッと作るわよ！　皆、手伝ってね？　もちろん全員よ」

イズが指示を出して、居住スペースを作り変えていく。トラップの配置が終わっているうえ、人が増えているため、初めての時よりもはるかに早く設営は終了するのだった。

◆□◆□◆□◆□◆

「さてと、いよいよ二日目の強化モンスター解放ですね」

「ああ、強制転移でも相当な数のプレイヤーが倒れたからな。ここで続け様に試練を与えていく」

「プレイヤーもまだ結構散ってますね……ん、ワンパーティー以上集まってる……？」

「ん？　どこだ？」

「プレイヤーサイドの殺意増しダンジョンです」

「【楓の木】な……はぁーもう帰り着いたのか……んん、ワンパーティー以上？」

どういうことだとプレイヤーの位置情報を確認する。するとそこには並びに並んだ見覚えのあるプレイヤー名があった。

「なんで……どうして？」

「増えてるが？　増えてるが？」

「いや、このモンスターをあそこに送り込むのは……酷だぞ、モンスターに」

「ですが、止められませんよ」

もう解放までは十数分なのだ。たとえそこが再設置され直して、マルクスによって更に強化されたりした人工ダンジョンだろうと、その奥に【楓の木】と【集う聖剣】と【炎帝ノ国】がいようと、モンスターはプレイヤーのいる場所に向かっていく。

「どうか生きて……誰か一体でも」

「罠《わな》だけでも突破してほしい。ですか?」

「あのメンツを倒してほしい、だぞ」

「ははは、中々大きく出ますね」

「ははは、そうか」

「「はははは」」

管理ルームにはそんな乾いた笑い声が響くのだった。

四章　防御特化と同盟戦。

強化モンスターが現れるようになる少し前に拠点は完成した。迎撃スペースを少し削ることにはなったが、マルクスのトラップ設置によって質はより良いものになっていた。

「あら、スクリーン？　何か見るのかしら？」

「ここに、映像が出るようにしておくから……」

マルクスが張ったスクリーンにパッと映像が映し出される。そこには蟻《あり》の巣状になったこのダンジョンの全《すべ》ての部屋の様子が映っていた。

「わー！　すごい！」

「み、見えてれば再設置したいトラップの種類もモンスターの強さも分かるから……じゃあね」

メイプルに戦闘の方は他のギルドメンバーに任せることを伝えて、マルクスは仕切りで区切られた自分のスペースに戻っていく。

新しく作り直された居住スペースは、中央に広めのくつろげる空間を用意し、そこに接続するように各ギルドの区域が設けられている。マルクスのスクリーンがあるのもここだった。

基本は【楓《かえで》の木】の拠点なため、ワイワイガヤガヤとしているのは【楓の木】のメンバーだが、よく【楓の木】に来ているのもあり、フレデリカなどはそんな雰囲気にすぐに溶け込んでいた。

「暇だねー。ダンジョン攻略って訳にもいかないしー、でも気も抜けないしねー」

「馴染《なじ》んでるなあ……何か来たら防衛は頼むからね？」

「分かってるってサリー。炎帝もいるし、負けないよー」

「サリーさん！　何か入ってきたみたいです！」

噂《うわさ》をすればというように、マルクスの設置したアイテムに侵入者の姿が映る。そこにいたのは四本の足を動かして走りこんでくる一つ目の化け物だった。メイプルの【暴虐】から足を減らして代わりに目を増やしたようなそれは、次から次へとメイプル達の拠点へ飛び込んでくる。それは凄《すさ》まじい数で雪崩れ込んできており、物量で罠を突破してくる。罠のおかげで数は減っているものの、全ては倒しきれそうにない。

「あー、これはここまで来そうだねー。昨日《きのう》の夜より強くなってるかなー。ペイーン！　仕事だよー！」

フレデリカが【集う聖剣】の区画へ向かっていくのに合わせ、【炎帝ノ国】の区画からもミィが出てくる。

「私が行こう。後ろに控えていてくれ」

「ミィ、一人で大丈夫？」

メイプルがそう聞くと、ミィは自信ありげにふっと笑う。

「私も大規模ギルドのギルドマスターだ。それにシンはともかく、マルクスとミザリーは後方支援の方がメインだからな」

それなりの耐久力を持つ大量のモンスターが雪崩れ込んでくるのであれば、ミィ一人での戦闘が一番やりやすいとのことだった。

「危なかったらいつでも飛び出すからね！」

「ああ、そうさせてもらう。だが安心しているといい。その必要はないだろうからな」

ミィがそう返したところで、ペインがやってきて、それに同調する。

「俺も出る。拠点を借りた分の仕事をすると誓おう」

「はいはーい、じゃあバフだけかけとくから、よろしくー」

フレデリカに合わせて、マルクス、ミザリー、イズがペインとミィにかけられるだけのバフをかける。二人からは様々な色のオーラやエフェクトが立ち上り、準備は整った。

「行こうか、ミィ」

「今度は出し惜しみは無しだぞ、ペイン」

「ああ、あの数……下手《へた》に残すより一撃で倒す方がいいだろう」

ミィとペインはそれぞれイグニスとレイを呼び出すと、迎撃エリアまで歩いていき武器を構える。

そこにドスドスと足音が響き始め、モンスターが通路から大量に飛び出してくる。

モンスターは二人を捕捉《ほそく》した途端、眼球の前に黒い魔法陣を展開し、何らかの攻撃をしようとした。しかし、その魔法陣から何かが発生する前に二人が攻撃を開始する。

「イグニス、【不死鳥の炎】【我が身を火に】」

「レイ、【光の奔流】【全魔力解放】」

ミィの体は赤い炎に包まれ、地面を炎が伝っていく。ペインの剣は青白い光に包まれていき、バチバチとスパークのような音が聞こえ始める。

「【殺戮《さつりく》の豪炎】！」

「【聖竜の光剣】！」

モンスターの魔法陣から黒い光が放たれたその瞬間、それをはるかに上回る量の赤と白が空間を埋め尽くす。ミィの生み出した炎は地面全てをダメージフィールドに変えて、前方全てを焼き払い、ペインの生み出した光は悪魔型モンスターへの特効性能を持ち、光に包まれたものから順に浄化するように消し飛ばしていく。

その炎と光は通路を逆走し、途中に残っていたアイテムなどもまとめて吹き飛ばして、ダンジョン内を暴風のように吹き荒れてやがて消えていった。

「何だ、二日目といえど、思ったほど強くはないものだな」

「今回は地形がいい。ここなら俺達は隙の大きい大技でも簡単に対応できる」

「すごーい！　さっすがミィとペインさん！」

「また攻めてくることもあるだろう。十六人いれば交代で守ることも楽になる。俺達のギルドにはいつ声をかけてくれても構わない」

「私達も同じだ」

「ありがとう！」

メイプルがすごいすごいと二人にさっきの技の感想を伝える中、モニターを見ていたフレデリカが駆け寄ってくる。

「ちょっとペインー！　マルクスのカメラも吹き飛んだんだけどー？」

スクリーンには入り口辺りのものを除いて何の映像も映らなくなってしまっていた。

「……？　いつも掛からないバフの中に射程延長があったか……すまない」

「ミィも……僕のあれ再設置に時間かかるんだからね」

「あ、ああ、悪かった」

罠も含めて再設置の必要があると話している面々を見て、クロムとカスミは先ほどの光景を思い返す。

「ギルドマスターというのは、どこもああいったものなのだろうか……」

「いや、あんな一騎当千はそこまでいないだろ。俺達の周りにそういうのが多いだけだ」

自分達のギルドマスターのことも思い浮かべながら、次にいつ襲撃が来てもいいように、二人も罠の再設置に向かうのだった。

メイプルとサリーはマルクスも連れて、ペインとミィの攻撃によって壊れてしまったアイテムを置き直す。

「こんなに本格的にダンジョン作ることになるとは思わなかったなぁ……」

マルクスはそう溢《こぼ》しながら視界を得られるアイテムを部屋の隅に設置していく。

「んー、やっぱりペインとミィの攻撃力は高くなってたね。想像以上かな」

「すごかったよねー」

「また、どこかで戦うかもしれないし。楽観視もできないけどね」

「そ、そっか。そうだね」

第四回イベントの時よりも強くなっている二人を見て、いつかまた戦う時は頑張ろうと、メイプルはぎゅっと拳《こぶし》を握りしめる。

「バフが乗ってたとはいえ、僕達もびっくりしたよ。ペインがミィと同じレベルの範囲攻撃もできるとか……弱点を突けば勝てるってタイプじゃないし」

もちろん【炎帝ノ国】も【集う聖剣】に注意を向けている。ライバルの大規模ギルドの力の一端を見ることができたのは、ここに集まった三つのギルドそれぞれにとって大きなことだった。

そして、そこから一歩抜け出るためには今回のイベントでメダルを集めるのが重要になる。しかし、【炎帝ノ国】のミィ達のパーティーは既に四人しか残っておらず、前線を張れる強力なプレイヤーもシンしかいなくなっているため、苦しい状況と言える。

どうしたものかと考えつつ、再設置を終えたマルクスはそのまま考え込みながら先頭を歩いて最奥へと戻っていく。二人もそれについて洞窟《どうくつ》最奥に戻るのだった。

それからしばらく時間が経《た》ち、何度か襲撃を受け罠を設置し続けるのは割に合わないと感じた面々は、入ってきたモンスターを即座に撃破する方式に切り替えた。ここにいる十六人はそれぞれがNWOでも一、二を争うような強みを持っているため、ローテーションしても問題なく撃破することができていた。

一例としては、モンスターが通路から顔を出した所をマイとユイが二つの大槌《おおつち》で叩《たた》きつけ、振りかぶる前に飛び込んだ者や何らかのスキルで生き残った者はイズの大砲とフレデリカやミィなどの後衛によって遠距離から撃ち抜かれるといった具合である。

そうして、思ったよりも楽に迎撃ができることが分かった頃《ころ》、共有スペースで【炎帝ノ国】と【集う聖剣】の面々がそれぞれ話し込んでいた。

「どうかしたんですか？」

モンスターの襲撃がないことを確認して、メイプルが二つのギルドの話を聞きに行く。両ギルドとも話していた内容はほぼ同じなようで、この夜のうちに一度ダンジョン攻略のために外へと出るべきかもしれないとのことだった。

「今夜のモンスターも弱いわけではないが、これまでの迎撃状況を見るに倒せないほどではないと感じる。俺達が今日強制的に転移させられたことを考えると、明日の朝にも何か起こる可能性も考えられる」

「ペインの言う通りだ。夜は昼に比べると危険ってことだが、二日目の夜と三日目の昼……三日目の方が危険な可能性も十分ある」

「な、なるほど……」

ゲーム内で一、二を争う大規模ギルドとしてはメダルは手に入れられるだけ手に入れたいものである。ある程度戦力を確認できたため、四人で問題ないと判断し、探索に向かおうというわけだ。

「あ、そうだ！　じゃあ私達も手伝えますよ！」

それを聞いてペインとミィは少し驚いた表情を浮かべる。そして少し考えて、メイプルにはおそらく打算はなく、本当に一フレンドとして手伝おうという純粋な申し出だろうという結論に至る。

「ああ、私達としても前衛が増えるなら心強い。それに、メダルはそれぞれに分配されるようだからな。メイプル達にもメリットはあるが……」

「危険を冒してまで外に出るかは他のギルドメンバーとも相談するといい。申し出には感謝するが、今だって拠点を借りているからな」

二人は【楓の木】として力を貸してくれるなら、喜んで受け入れると返事をして、仮に外に出た際の戦略などを考え始める。メイプルは言われた通りに、一旦《いったん》【楓の木】の面々を集めると先ほどの話を伝えた。

「まあ、アリかもね。確かに、三日目に何も起こらない保証はないし。今のモンスターなら勝てるっていうのも納得かな」

「僕達も、貰《もら》えるメダルは貰いたいからね」

「「私達も今度は頑張ります！」」

「私としては三日目の朝までにここに戻れるならいいと思う」

「同意見だ。カスミとイズがメダルを手に入れてくれたが、今日は探索自体は全くしてないからな」

「早めに集め切るのは賛成ね。三日目にあと一枚探している余裕はないかもしれないもの」

全員が賛同したことで、メイプル達も手を貸し、【楓の木】【炎帝ノ国】【集う聖剣】のメンバーを分けて、探索を開始することにした。

「ダンジョンがありそうな場所にマークを付けたマップがあるから、見せますね」

「はぁー、サリーちゃっかりしてるねー。んーどれどれー？」

「今見せるって」

サリーが予選の時に作成しておいたマップを全員に送信する。これを元にどの辺りに向かうかを決めなければならない。

「こうして見ると……特殊なオブジェクトがある場所はマップの端に偏っているな。俺達はこの辺りは調べてきた」

「二日目以降のことが考慮されているのだろう。よりモンスターが強力なマップ端へ向かう必要を考えるとやはり今行くのが正解か……」

ペイン達とミィ達の情報も分析し、リスクとリターンを考慮し、バランスをとりつつ多くの場所も探索できるよう、四つの四人組を作ることとなった。この四組全《すべ》てに各ギルドのメンバーを入れて東西南北に分かれ、ダンジョンを探すのである。

こうして機動力や耐久力、攻撃能力を考慮して、各組ごとに強みを作ると、全員で拠点からフィールドへと出ていくのだった。

東へ向かったのは、ドレッド、マルクス、マイ、ユイの四人である。ツキミとユキミの背に乗って、フィールドをガンガン進んでいく。

「ほー、中々速いもんだな」

「うん、これならモンスターに出会っても上手《うま》く振り切れるかも……」

そう言っていると、正面から、拠点を襲ってきた一つ目で四足歩行のモンスターが現れる。マルクスのクリアの能力でも消え切ることはできないため、正面から四人に向かってくる。

「「【パワーシェア】【ブライトスター】！」」

主人であるマイとユイの方が攻撃力が高いため、ＳＴＲを分かち合うと、ツキミとユキミの攻撃力を上昇させることとなる。二匹は球状にダメージを与える光を放つ。

目の前から接近してきていたモンスターはそれを二つ重ねて受けてよろめく。そうしてよろめいたところに両脇をすり抜けるようにツキミとユキミを駆けさせる。さらに、すれ違いざまに二人が振り抜いた大槌はきっちり全てモンスターに直撃し、そのまま光にして消しとばしてしまう。

「ひでぇ通り魔だ」

「改めて隣で見るとすごい威力だね……」

この四人の基本戦略はマイとユイを上手くモンスターに接敵させ、全てを破壊するというものである。また、ツキミとユキミがいるおかげで速度もそれなりに確保されており、マルクスの罠《わな》も含めれば離脱能力も問題ない。

四人はサリーが作ったマップの画像を見て、【楓《かえで》の木】の拠点の位置から印がどの辺りにあるかをおおよそ推測する。

「地形は変わってねーからな。サリーの話だとこの辺りに……あれか」

星すら見えない夜の闇《やみ》が広がる中、目の前の湖には月が映っていた。空を見上げても月はどこにも見当たらないことから、その光景が異質なものであることは簡単に理解できる。

「もう行きますか？」

「ああ、ここで見ててもモンスターが来て面倒だ。それにマルクスはダンジョン内の方がやりやすいって聞いてっけど」

「うん、ここのモンスターだとクリアの能力が生かせないし……」

「ならさっさと行こーぜ。本当にダンジョンかも分かんねーしな」

「分かりました。ツキミ！」

マイとユイはツキミとユキミを走らせると、そのまま湖の縁までやってくる。

「とりあえず、湖の中央辺りまで行くぞ」

「ボート……出す？」

ツキミとユキミは泳ぐこともできるため、その必要はないと、水面へ足を伸ばす。すると、不思議なことにツキミとユキミの足は水中へと沈んでいかずに水面でぴたりと止まる。そのまま歩を進めても問題なく水面を歩くことができた。

「これは……当たりみてーだな」

四人がそのまま湖の中央、月の映る場所まで行くと体を光が包み込んでいく。

「早速発見か、まぁ死なねーようにな」

「うん」

「「はい！」」

全員で意気込んだところで四人の体は完全に光に包まれ、すっとダンジョンに転移していった。

転移先は地面が水びたしになっており、壁もじっとりと湿っている、全体的にジメジメとした場所だった。四人がいるのは円形の空間で、スタート地点だということがすぐに分かる。

この部屋からは通路が一本だけ伸びており、そこへ進むしかないようだった。

「さて、やるか」

「うん、じゃあクリア……【透明化】」

「これで見えなくなったんですか？」

「うん。でも、これが効かないモンスターは向かってくるから気をつけて」

「ＰｖＰだと分かってても対処できねーかもな」

「……どうだろうね」

四人は警戒しつつ通路を進んでいく。すると通路の向こうから一メートル程のウナギが水をまといながら空中を泳いでくるのが見えた。泳いだ後には水の道が残り、そこにはバチバチと音を立てて青白い光が走っている。

四人はさっと武器を構えるものの、ウナギは四人に気づいてはいないようでそのまま真《ま》っ直《す》ぐ泳いでくる。

「お姉ちゃん！」

「うん！」

二人は一歩前に出ると二本の大槌をそれぞれぐっと振りかぶり全力で振り抜く。

それはゆったりと泳いでいたウナギを真上から叩き落とし、パァンと音を立てて地面に叩きつけられたウナギはバチバチと放電しつつ光になって消えていった。

「豪快な暗殺だな……」

「【透明化】しがいがあるね」

攻撃を加えればバレてしまうため、イズとダンジョンに入ってしまった時は敵に見つからないために使うしかなかったが、マイとユイがいれば全く違う効果をもたらす。モンスターからすれば何もない空間から不可視の即死攻撃が飛んでくるという状態なのだ。一撃で倒してしまえば、モンスターに見つかることもない。

「ウチのギルドじゃやれねー戦い方だ」

「あくまでも奇襲のためのスキルなんだけどね……」

「「あ、また見えるようになっちゃったので、掛け直してもらえると助かります！」」

「ボス戦で出てくるかもしんねーし、新しい見た目の奴《やつ》は倒して行くとするか」

マイとユイの一撃が即死圏内かどうかは戦略に大きく関わってくる。そして、この二人の攻撃をまともに受けて耐えられる雑魚《ざこ》モンスターなど、まず存在しない。

こうして四人の攻略は順調な滑り出しを見せたのだった。

マルクスは二人に再度【透明化】をかけると、マイとユイにトラップの変化系のスキルで、相手の攻撃に反応して防御壁を生み出す効果を付与する。

「放電してたし……見えないだけだから無差別攻撃なんかには気をつけて」

「メイプルの【身捧《ささ》ぐ慈愛】だったか？　普通はあんな防御能力はねーからな。ゴリ押しばっかじゃなくて、ある程度は予測して避けねーとな」

それが失敗した際の最後の砦《とりで》がマルクスの防御壁なわけだ。

マイとユイもメイプル以外の面々と組んだ時にも攻撃を上手く命中させなければと思っていたため、丁度いいスキルアップの機会と言える。

「このまま一番奥まで行っちゃいましょう！」

「気をつけて進まないとダメだからね、ユイ」

意気揚々と進んでいく中、放電するウナギ以外にも、多様な魚が空中を泳いでいた。そして、しばらく行ったところで目の前に大部屋が現れる。そこはバチバチと放電する水を空中に残しながら泳ぎ回る魚で溢《あふ》れかえっていた。

下手《へた》に触ったり攻撃したりすれば、全てのモンスターがこちらを向き一斉に攻撃してくることは容易に想像できる。

「ど、どうしますか……私達は一気に全部倒すのは難しいです」

マイとユイの攻撃性能は一対一ならほぼ最強、少数でもある程度は範囲攻撃で対応できるが、数が多かったり、波状攻撃を仕掛けてくるような相手とは相性が悪いのだ。

「すり抜けたい所だけど、ちょっと難しいかな」

「しゃーねえ、シャドウ、【覚醒《かくせい》】だ」

マルクスの見解を聞いたドレッドの声に合わせて、真っ黒い毛を持つ狼《おおかみ》が呼び出される。

「戦闘回避能力があるのはマルクスだけじゃねーってことだ」

ドレッドはスキルの発動と同時に、反対側の通路に向かって真っ直ぐに走るよう三人に指示する。

それを聞いてマイとユイはツキミとユキミに乗ると、準備ができたことをドレッドに伝える。

「いくぞ、シャドウ。【影世界】」

ドレッドの声に合わせて四人の真下が黒く染まり、そのままずぶりと全身が地中に入り込んでしまう。一瞬呆気《あっけ》にとられそうになった三人だったがドレッドの指示を思い出してそのまま真っ直ぐに駆け出す。斜め上には地面を透過して先程まで見ていた景色《けしき》が広がっていた。そうして走っていると、下から押し上げられるようにして地上に近づいていく。四人は何とか逆側の通路までモンスターに気づかれることなく走り抜けることができた。

「はは、これだと罠もすり抜けられちゃいそうだなあ……ねぇ、これの方が対処できなくない？」

「……さぁ、どーだろうな」

【集う聖剣】メンバーの強さの一端を見たという様子のマルクスに対して、マイとユイは先程の不思議なスキルに驚くばかりだった。

「すごいです！　いろんな使い方ができそうなスキルでした！」

「助かりました。ありがとうございます」

「いーんだよ。こっちもボス戦で火力出してもらわないとだからな。にしても……」

何をしても純粋な反応を返してくるマイとユイを見て、普段の攻略とは全く違う雰囲気にドレッドは頭をかく。

「【楓の木】らしい、か……」

「あ……考えてること分かる気がする」

たまにはこんな攻略も悪くないと、目を輝かせる二人を連れて、ボス部屋を目指すのだった。


クリアとシャドウの戦闘回避能力と、困った時にモンスターを一撃で屠《ほふ》れるマイとユイの攻撃力があれば、道中に関してはそこまで苦戦する要素はなく、四人はボス部屋の前までたどり着く。

「マルクス、準備は終わったか？」

「うん、大丈夫」

「「私達も大丈夫です！」」

「よし、なら開けるか」

ドレッドが先頭で中へと入る。すると、部屋の奥に水の塊を纏《まと》い浮かんでいる十メートル近い巨大ナマズがおり、その太く長い髭《ひげ》からは音を立てて電気が弾けていた。

どうやら、ここのボスはこの電気ナマズのようだ。

ナマズの頭上にＨＰバーが表示されると同時に、その体をぶるりと震わせてまわりの水を四人に向けて飛ばしてくる。それは空中を漂っていたが、ナマズのヒゲがより激しい電気を纏《まと》ったかと思うと、合わせて電気を帯び始める。

「【遠隔設置・土壁】」

嫌な予感がしたマルクスは土壁を立てて、水球と自分達の間を遮る。その直後、轟音《ごうおん》と共に浮いていたいくつもの水球の間をつなぐようにして極太の電気の糸が伸び、しばらくして消えていった。

「心配すんな。俺が隙を作る。サリーとも連携、やってるよな？」

「「はい大丈夫です！」」

サリーと同じスピードタイプ、同じ武器のドレッドならマイとユイも動きを合わせやすい。サリーとは特訓で一緒にいた時間も長いのだ。動きに似た部分を見出《みいだ》すことくらいはできるだろう。

「シャドウ、【影の群れ】！」

ドレッドは走り出すのに合わせて、影の中から何体もの狼を呼び出し、先行させて地面から少し上を浮かんでいるナマズに突撃させる。しかし、狼達はダメージを与える前にナマズを包む水に触れ、バリバリと音を立てて電撃を受け消滅する。雷を纏ったそれは、泳ぐための水であると同時に、物理攻撃に対してのバリアにもなっているらしかった。

「面倒くせぇ……魔法でやるしかねーな」

近づけば自分も電撃を受けることになる。ＨＰ１で生き残るスキルも持っているため、試すことはできるだろうが、リスクとリターンが釣り合わない。

そうして魔法を使って注意を引きつつ、マイとユイの攻撃が難しくなったことで、ドレッドはどう攻略するかを考える。とりあえずマイとユイの方に背中を向けさせようとナマズの側面に回り頭をこっちに向けさせたところで、電撃にも負けない轟音を立ててナマズの腹に巨大な何かが激突する。

ナマズが大きくよろけたところで、その何かは落下しズシンと地面を揺らしつつめり込んだ。驚いたドレッドが飛んできた方向を見ると、そこにはトスバッティングの要領で何かを放り投げるマイと、それを大槌《おおつち》でジャストミートするユイの姿があった。隣でマルクスが二人のパワーに引いている。

再び轟音と共に飛来した何か。

それは、昨夜ついに完成したマイとユイの打撃に耐えうる超硬度のゲーム内物質調合謎物質球。

投球の比にならない速度で飛んだ二発目は反撃しようとしたナマズの顔面に突き刺さり、ダメージを受けたナマズは水の力を失って地面に落ちてダウンする。

「ドレッドさーん！　今です！」

「お願いしますっ……！」

「なんつー力技……【セプタプルスラッシュ】！　シャドウ、【影の群れ】！」

ドレッドは物は試しと、今は電気を発していないナマズのヒゲの部分を攻撃する。数は力というように狼の群れと高速の連撃は確かなダメージを与えていき、連撃の途中でナマズのヒゲに大きな傷が入る。本体はまだ倒れないが、ドレッドには電撃攻撃の性能が落ちたことが予想できた。そこでナマズの体がバチバチと電気を放ち始めたため、ドレッドは一度距離を取る。

「あの二人は……熊に乗っても間に合わねえな」

ダウンがそこまで長くなかったことと、次のバッティング体勢に入っていたこともあって、ナマズの攻撃範囲から逃れるのは間に合わない。ドレッドは二人に攻撃がいかないよう注意を引きながら、指示を飛ばす。

「マイ、ユイ！　もう一発頼めるか！」

「「はいっ！」」

ドレッドは万に一つも自分に当たらないようにナマズを挟むように位置取ると、電撃を回避することに集中する。サリーとは違って多少ダメージを受けたとしても死にはしないため、マルクスが設置し続ける壁と、付与されるダメージカット効果を生かしてもう一度ダウンするまで時間を稼ぐ。

「こっちは……多分危ねーな。シャドウ、【影壁】だ！」

次の攻撃を予測し、被害を最小限に抑える。そして、回避できないほどの巨大な電撃が飛んできた際はシャドウのスキルでうまくいなしていく。

スキルと技術を組み合わせて、時間を稼いでいると、再びナマズがバッティング攻撃を受けて地面に叩《たた》き落とされる。

「「今回は行けます！」」

次は急いで近づこうと決めていた二人はツキミとユキミに飛び乗って一気に接近する。

「「【ダブルストライク】‼」」

二人がツキミとユキミから飛び降りつつ放った攻撃はバッティングなどという二人だからダメージが出ている変則攻撃とは違い、きっちり攻撃スキルらしいダメージを叩き出す。

他の全《すべ》てを犠牲に手に入れた破壊力は、ペインやミィにも決して劣らない。それどころか、誰《だれ》でも手に入れられる汎用《はんよう》攻撃スキルですら即死級のダメージになるのである。

しかし、ナマズはＨＰがほんの僅《わず》かだけ残った状態で生き延び、体が今まで以上に激しい電気を放ち始める。マイとユイの絶大な威力の攻撃を受けたにもかかわらず不自然な耐え方をしたことから見て、何かが来ると察したドレッドはいち早く距離を取ろうとする。

「『耐えられた⁉』」

「下がれ！　多分ギミックだ！」

驚きながらもツキミとユキミに乗り直した二人はドレッドの指示に合わせて、マルクスの方まで退避する。

三人がちらっと背後を見ると、巨大ナマズの放電はピークに達し、落雷のような天井まで伸びる幾本もの光る柱となって、地面をえぐりつつ向かってくる。

「【遠隔設置・土壁】【遠隔設置・障壁】【遠隔設置・城壁】！」

マルクスが逃げる三人の背後に壁を設置し、少しでも電撃が追いつくのを遅らせる。そうして何とかマルクスの元までやって来たところでマルクスはイズと共に戦った時にも使った砦を生み出す。

「【設置・一夜城】！　うぅ、これでもまだ相殺できない……！」

「どれくらい持つ⁉」

「このままのペースだと……三十秒！」

砦の外に見えるのは電撃の真っ白い光だけで、その向こうがどうなっているかは分からない。しかしこのままやられるわけにもいかない。

「しゃーねえ、あと一撃だ。どうせこのままじゃ焼かれるんなら、やってみるか。面倒だけどな」

ドレッドは他に手もないと砦を飛び出し、極大の電撃の中へ飛び込んでいく。

「【超加速】【トップスピード】【神速】！　シャドウ【影潜り】！」

ドレッドは一気に加速するとそのままシャドウのスキルによって影の中に沈み込む。時間としてはほんの僅かだが、スキルによって加速したドレッドはその一瞬で巨大な電撃をすり抜ける。

その先には巨大ナマズがおり、大量の電撃が降り注いでいるが、そこを駆け抜ける必要は最早ないと、ドレッドは土魔法で石弾を生み出す。

「はぁー、そこまで厚みがなくて助かったぜ」

撃ち出された石の弾丸はナマズの眉間《みけん》にヒットし貫通すると、そのＨＰを今度こそゼロにした。

「はぁ……何とかなったか」

「ドレッドさん大丈夫ですかー！」

「ん、ああ、気にすんな。問題ねーよ」

戦闘が終わり、全員が一枚ずつメダルを手に入れた。嬉《うれ》しそうにするマイとユイを見つつ、ドレッドは次のダンジョンはもっと楽に勝てる相手ならいいと思うのだった。


西へと向かったのはペイン、ミザリー、イズ、カナデの四人である。この四人となると移動手段は自ずとレイに乗って飛んでいくこととなる。

「ドレッド達が無事にダンジョンを攻略したようだ」

「流石《さすが》だね。この早さってことはマイとユイも上手《うま》くやれたのかな」

四人が向かう先は空に浮かぶ浮遊島である。その多くが、行くことのできない場所に雰囲気づくりのために浮かべられているのに対し、一つだけギリギリ侵入可能な場所に浮かんでいるものがあった。

「一つだけというのは妙ですから。きっと何かあると思いますよ」

「そうね。ただ……やっぱり来たわよ」

ギリギリ侵入可能な範囲ということは当然マップの端であり、空にも強力なモンスターが現れるようになっている。そして四人の予想通り正面からはコウモリのような翼を羽ばたかせて、頭に二本の巻角が伸びた悪魔型モンスターが次々に飛んでくる。

「地上にもいたけど、配下を呼び出すタイプだね。どうする？」

「浮遊島まではそう距離はない。一瞬隙があればすり抜けられる」

「分かった。じゃあそれで決まりだね。ソウ、行くよ。【スリーピングバブル】【パラライズシャウト】」

本から電撃にも似たエフェクトが弾け、虹色《にじいろ》に輝く泡が吹き出していく。カナデが使えるスキルはソウにも使えるのだ。全てに効いたわけではないものの、麻痺《まひ》や睡眠を受けた悪魔はボトボトと地面に落下していき、浮遊島までの道が開ける。

「レイ、【流星】！」

四人が乗っているレイの体を光が包み込み、急激に加速し真《ま》っ直《す》ぐに飛んでいく。突進系スキルを発動させることによって、近づいてくるモンスターを撥ね除けつつ高速で浮遊島まで突っ切るつもりなのである。

それは予想よりも遥《はる》かに上手くいき、周りのモンスターを振り切って一気に浮遊島まで接近する。

「後ろの牽制《けんせい》は任せておいて！」

「前方のモンスターを倒すのにスキルを集中させた方がいいですから」

イズとミザリーは追いかけてくるモンスターを追い返す役割を担い、ペインとカナデは残るモンスターを払いのける。

「よし、降りられそうだ」

こうして無事浮遊島までたどり着くと、ペインは一旦《いったん》レイを元のサイズに戻して、辺りを観察する。四人が降りたのはいかにも着陸してくれと言わんばかりに開けた場所になっている浮遊島の端だ。浮遊島自体はそう大きいものではなく、数分あれば端から端まで歩ける程度の大きさだった。

「目の前の森に入るしかなさそうだな」

「そうね。警戒していきましょう」

ペインを先頭にして、四人で森の中を進む。この森にはモンスターが出てこないようで、他の場所とは違っていることが分かる。

「怪しいわね。隠されたギミックでもあるのかしら」

「いや、もっと分かりやすいみたいだよ。ほら、あそこ」

カナデが指差した先にあったのは、森に巧妙に隠れている古びた建物だった。

「洋館か……」

「いかにもだし、入ってみる？」

「ああ、入らない手はない」

正面の扉を開けて四人が中へ入ると、そこにはエントランスが広がっており、中央では血で描かれたように見える大きな魔法陣が存在感を放っていた。

「早速ね。分かりやすくて助かるわ」

「罠《わな》だった時のためにダメージ無効や回復は準備していますので」

サポートも整っており、ダンジョン攻略が目的でここまで来たのだから乗らない理由はない。心配は杞憂《きゆう》で済んだようで、四人の体は見覚えのある光に包まれて転移していく。光が収まるのを待って、目を開けると目の前には石レンガでできた人工的な通路が伸びていた。背後はすぐ壁になっており、分かりやすい一本道のようだった。

「とりあえず進むしかないだろう」

「ええそうね。モンスターの気配もないわ」

戦闘力に優れたペインを先頭にして通路を進んでいくと、三つの扉がある広間に出た。扉にはそれぞれ剣、杖《つえ》、槍《やり》のマークがついており、何かを示していることは間違いない。

「ふむ、これは……」

「やっぱり、中のモンスターの傾向かしら？」

「私もそう思います。なら最も対処しやすいものを選ぶのがいいかもしれません」

四人は相談して、剣の扉を選ぶことに決めた。

扉を開けるとそこは障害物の存在しない闘技場となっており、対面には鎧《よろい》を着込みヘルムをかぶり、大剣を持ったモンスターがいた。

「やっぱり対応したモンスターが出るって予想は間違いなさそうね」

「ええ、それに出てくる敵が一体ならよりやりやすそうです」

そう、この四人の戦略とはメインアタッカーにペインを据えて、それに支援が得意な三人がバフをかけられるだけかけて一騎当千のプレイヤーを作り出すというものだった。状態異常から回復蘇《そ》生《せい》、援護射撃まで、ペインへの支援はかなり手厚い。

「ここまでして貰《もら》って負けるわけにはいかない。役目を果たすとしよう」

こうしてペインは剣を抜き放つとモンスターと対峙《たいじ》する。

まずは戦略が成功するかどうかを確かめるために、三人でペインにバフをかけていく。相手側へのデバフはなしで、使うスキルもレアスキルと呼べるものはないが、一人に行う支援としては破格の効果量だ。ペインはバフが乗り切ったことを確認すると、向こうが近づいてくる前に自分から接近する。

「レイ、【聖竜の息吹《いぶき》】【破砕ノ聖剣】！」

レイが吐き出した輝く光のブレスがモンスターにダメージを与えつつ体勢を崩させる。

ペインはそこに一気に駆け込むと剣を振り抜き、胴を深々と斬り裂く。反撃の大剣の振り下ろしを横にかわすと、今度は肩から腹までをばっさりと斬る。モンスターも当たれば相当なダメージを与えられそうな大剣を怪力でもってブンブンと振るうが、それは悉《ことごと》く受け止められ、躱《かわ》されて、ペインに傷をつけるに至らない。

バフがかかっているのもあるとはいえ、同じ剣という土俵においてこのモンスターとペインでは明らかに格が違っていた。

「【断罪ノ聖剣】！」

ペインの声とともに剣から光が吹き出て、振り下ろされた剣は相手の上半身と下半身をスパッと分かれさせた。こうして結局危なげなく、終始圧倒したまま、ペインは目の前の剣士を斬り捨てたのである。

「想像以上……ね」

「雰囲気は塔十階のボスに近いかなあ。純粋に強いや」

「これなら、本当に一対多になるまでは私達はバフのみで大丈夫かもしれませんね」

改めてその強さを実感しつつ、四人は闘技場の奥にある扉をくぐる。すると、今度は二つの扉があり片方には刀、片方には弓が書かれていた。

「どちらにしますか？」

「刀で行こう。射程がある相手より戦いやすい」

次の相手を刀に決めて扉をくぐる。すると、先程と同じような闘技場があり、そこには侍が一人、居合の構えで立っていた。

「なるほど。バフが残っているうちに仕掛けてみる。援護を頼めるか」

「もちろんよ」

「いつでも大丈夫」

「回復の準備はできています」

それを聞くと、ペインは片手に剣を片手に盾を持って侍に接近していく。きっちりと盾を構えて正面を守りながら間合いに入った瞬間、ペインの目にも見えない速度で刀が振るわれ、剣と盾のガードが及ばなかった腕や肩からダメージエフェクトが散り、ノックバック効果で吹き飛ばされる。

ダメージはミザリーが即座に回復させたため残った被害はないが、睨《にら》み合《あ》いという状況である。

「なるほど。やはりさっきの剣士とはタイプが違うな」

「じゃあ予定通りいこう」

「ああ、そうするとしよう。【不動】！」

ペインはスキルでノックバック無効を付与すると今度は盾は構えずに突っ込んでいく。

「ソウ、【重力の檻《おり》】」

「フェイ、【絡む草】」

居合の構えのまま動かないのであれば、起点指定の魔法もたやすく当てられる。カナデはソウに移動速度を大幅に低下させるフィールドを設置させ、イズはモンスターが踏み入ると移動を阻害する植物を生やし、二人は侍が万に一つもペインから逃げられないようにした。

ペインがそのまま侍との距離を詰めると侍は見えない居合を繰り出してくる。がしかし、そんなことは関係ないとばかりにペインは大上段に剣を構える。当然、刀が体を深く斬り裂くが、ペインはそのままモンスターを攻撃する。

「【治癒の光】！」

ペインの側《がわ》には人数の有利がある。これを生かさない手はないのだ。

ノックバックを無効化したペインがひたすら攻撃し続ければ、本来なら侍が攻撃速度で勝りモンスター故のＨＰの高さで勝ち切るかもしれない。しかし、ミザリーがいればそれは成り立たない。

ミザリーの回復によってペインは沈まず、重い一撃を放ち続けられる。必殺の居合をＨＰで受け切ってくる強力なプレイヤーに勝てるはずもないのだ。

「【壊壁ノ聖剣】！」

光とともに振り下ろされた剣は、ガードされるより速く侍の首元に突き刺さり、侍は光となって消えていった。

ただでさえ一騎当千のペインを、更に強化して進むために構成された四人である。モンスターサイドが一人では相手にならないのも当たり前だった。

「さて、次へ行こう。恐らく、敵の人数も増えると考えられる」

こうして四人は倒せるところはさっと倒して進んでしまおうと次の扉へ向かうのだった。

結論から言えば、ペイン達の想定通り敵の人数は増えていった。二人から三人、三人から四人。場合によってはこちらの人数を上回ることもあった。

しかし、それは全く意味をなさなかった。元々ペインが一人で戦い他のメンバーがバフと妨害に専念していても問題ない相手なのだ。人数を増やしたところで、後ろで控えていた三人がそれぞれに攻撃能力を発揮し始めるだけで対応できるのである。

部屋中に転がる爆弾、次々に取り出される魔導書、全員が攻撃と防御を必要とするようになり、より存在感を増す範囲バフと範囲回復。最強クラスの前衛を突破しなくては、この滅茶苦茶に場を荒らしてくる後衛陣にたどり着けないとなれば、道中のモンスター程度では荷が重かった。

「ふぅ、ようやくボスか。予想以上の部屋数だった」

「そうね。いったいどんなボスかしら？」

「道中からは想像できませんね。ここまでは人型のエネミーばかりでしたから、ボスもそうかもしれません」

「入ってみれば分かるよ。んー、倒しやすいのだと嬉《うれ》しいなあ」

四人はそれぞれテイムモンスターを召喚すると、ボス部屋の扉を開けて中へと入る。

中は長方形の部屋になっており、入り口から縦に奥へ長く伸びていた。最奥には細かく装飾がなされた巨大な長方形の石板が浮かんでおり、四人の後ろの扉が閉まるとともに、その上にＨＰバーが表示された。四人が四人とも予想外の相手だという表情を浮かべる中、石板の周りに道中扉に彫られていたマークが浮かび上がる。

しかもそれはペイン達が倒さなかったルートのものばかりで、マークだけ見ても魔術師や弓使い、砲手など遠距離攻撃のものが並んでいる。そのマークが光ったと思うと、それに対応するモンスターがわらわらと湧き出てきた。

「……なるほどな」

「遠距離攻撃持ちが大量に並びますよ」

「なら、あの作戦でいくしかないわね」

「じゃあ僕が時間を稼ぐよ」

カナデは一人で前に出ると次々に魔導書を取り出す。

「【痺《しび》れ粉】【高波】【粘着弾】【魔力阻害】」

淡々と、効果的なものを即座に選択し発動させる。効果の落ちるソウのものではなく、自分の貯蓄した魔導書を使用し、麻痺《まひ》をばら撒《ま》き、ノックバック効果のある大波を呼び出し、地面に繋《つな》ぎ止めて、こちらに向かってくる数少ない前衛を足止めする。

後衛の魔法使いには、魔法の威力と射程を減少させるスキルによって妨害を行う。

「あー、あの石板、定期的に召喚するんだね……」

それはどうにも止められないと、使う魔導書を増やしつつ接近を拒否し続ける。

「【大規模魔法障壁】！　ソウ、そっちも【大規模魔法障壁】！」

前衛を止めているうちに増えに増えた後衛から大量の魔法と矢や砲弾が飛んでくる。カナデがソウと合わせて二重に展開した障壁はその全《すべ》てをしっかりと受け止めて無力化する。

と、ここで発動まで時間がかかるペインのスキルがついに発動する。

「【聖竜の光剣】！」

【楓《かえで》の木】の拠点でミィとともにモンスターを迎撃する際に使ったスキルは単純に広範囲に超威力の攻撃を行うもので、シンプルだからこその強さがあった。これを使っての一撃決着がこの四人の

奥の手であり、大量にモンスターを召喚してくるこの石板相手はまさに絶好の使い所だったのだ。

光と衝撃波が吹き荒れ、モンスターが消しとばされていく中、その光も止《や》まぬうちに四人はレイの背に飛び乗って【流星】によって一気に石板へ距離を詰める。

「追撃もしておかなくちゃね」

後衛の三人は事前に渡しておいた爆弾をインベントリから取り出して撒くのも忘れない。

石板にレイが突進しダメージを与えると、それぞれが攻撃を繰り出していく。素早い召喚とプレイヤーが避けていた方のモンスターを呼び出すということに特化した石板本体にはそれなり程度の迎撃魔法しか搭載されておらず、ミザリーの回復魔法を打ち破れずにゴリゴリとＨＰが減っていく。

自身で戦闘力のない召喚タイプが、一撃で召喚したモンスターを屠《ほふ》られていては勝負になるはずもなかった。

「【断罪ノ聖剣】！」

「【ホーリースピア】！」

「フェイ、【アイテム強化】【リサイクル】！」

「【トルネード】！」

石板を派手な攻撃エフェクトが包み込み、ペインの強力な範囲攻撃にも巻き込まれていた石板は端から順にヒビが入っていき、ついには音を立てて砕け散った。

「戦略勝ちかな？」

「相性もよかった。部屋の形状も俺のスキルに噛《か》み合っていた」

「魔術師と弓使いがあれだけ並んだ時はちょっと焦ったけれど、豪快に勝てたわね」

「ええ、流石《さすが》の強さでした」

通知音がして、ペイン達もメダルを手に入れることに成功した。

まだ日没まで時間も残っているため、四人は次のダンジョンを探しに向かう。日毎に回数にリセットがかかる強力なスキルなどは日を跨《また》ぐ前に使い切って探索してしまうのがもっともいいのだ。

こうして四人はまた元の洋館へと戻っていくのだった。

五章　防御特化と新パーティー。

南へ向かったのはドラグ、シン、クロム、カスミの四人である。もちろんこの組にも四人合わせて移動できる手段を持つプレイヤー、カスミがいる。カスミはハクを【超巨大化】させて、一日目に【楓の木】が転移してきた砂漠の方へ進んでいた。というのも、四人はサリーのマップに沿って怪しいポイントを回ってみたものの運悪く空振りばかりだったのだ。南はポイントが固まっていて探索はしやすかったが、サリーのマップに記された怪しい地点は少なかった。

こうして探索する優先度が高い場所を回り切ってしまったため、サリーが目をつけたオブジェクトはないのだが、発見しづらい場所にある可能性も考えて広い砂漠へとやってきたのである。

「ペインのドラゴンでも思ったが、移動の時乗せてくれるモンスターってのはアリだな」

「ウチのミィも移動できるのは助かるって言ってるなぁ」

「まあ機動力は攻略速度に関わるからな……何かそれらしいものは……」

「ないものだな。別方向に行った組は順調に攻略しているようだが……」

四人の元には、それぞれメダルの獲得を告げるメッセージが届いている。

そろそろこちらも成果を出したいものだと、四人でハクの頭に乗って周りを観察すると、遠くでワームや悪魔がプレイヤーと戦っているようで、魔法のエフェクトが弾けているのが見えた。

「マップ端の方にもプレイヤーがいるみたいだな」

「考えることは同じってな。まあこれだけデカイ砂漠なら何かあると思うのは当然だぜ」

そうしてしばらく進んでいくと突然天候が悪化し、強烈な砂嵐が吹き始める。警戒はするものの、マップの端にもかかわらずうじゃうじゃいた悪魔型モンスターが近寄ってこない。クロムは盾役として誰《だれ》よりも警戒していたが、一向にモンスターが近づいてくる気配はない。

「何かあるなこれ……カスミ！　一旦《いったん》降りないか」

「ああ、そうしよう」

何かがあると感じた四人は一旦ハクを元のサイズに戻すと徒歩で探索を始める。

「本当、すげぇ砂嵐だぜ。ほんの少し先も見えねぇ」

「【崩剣】を周りに飛ばしておくかあ。これなら何かが近づいてきてるのは分かるからな」

シンは【崩剣】を発動させ、四人を中心に大きめの円になるように分割した剣を回転させる。これでそれなりの大きさのモンスターなら前後左右どこから襲ってきても【崩剣】に引っかかるため、奇襲の可能性を減らすことができる。そうしてしばらく歩いていると、シンの【崩剣】に反応があった。

「お、何か当たったぞ……この感じはモンスターじゃないな」

「なら向かおうぜ。何かあるんだろ」

四人が向かっていくと、そこには砂嵐に紛れて砂交じりの岩場が広がっており、岩の隙間《すきま》から地下へと潜って行けそうだった。

「行ってみるか。ようやく当たりっぽいしな」

「ああ、そうしよう。この狭さだとハクは巨大化できないが、仕方ない」

岩の隙間をすり抜けて下りていくと、さらさらと砂が落ちる音が聞こえる地下空間が広がっていた。地面は砂地のようで、足が沈むことはないものの少し歩きづらい。

「おっ、こりゃあ本格的に当たりっぽいぜ。いいねぇ」

「とりあえず俺が先頭を行こう」

「ん、じゃあクロムに任せるわ」

「さて何が出るか……」

クロムを先頭にして一歩を踏み出した所で、足元の砂からざばっと一匹大きなサソリが飛び出してきて、全員の武器が届く前にクロムを一刺しして帰っていく。

それと同時にクロムからエフェクトが弾け、以前イズにもらった即死攻撃を受けた際に肩代わりしてもらえるアイテムが起動したことが知らされる。

「なっ、嘘《うそ》だろ⁉　あのサソリ即死効果持ちだ！」

「こりゃあ一旦避難しないとまずいぜ！」

「ならこれに乗れ、地面と距離を取ろう」

そう言ってシンは各人の前に足場になるように【崩剣】の刃を浮かべる。ドラグは一瞬、戸惑いの表情を浮かべたものの、普段メイプルと一緒にいるクロムとカスミは気にすることなくそれの上に乗って一時的に急場をしのぐと、作戦会議を始める。

「シン、このスキルこんなこともできたんだな」

カスミはこれは知らなかったと足元の崩剣を指差す。

「前にメイプルからヒントを得てさ。飛ぶ剣の使い方もいろいろあるって思いついた訳だ」

「でもどうするよ。イズから貰《もら》った即死耐性アイテムはあるが……雑魚《ざこ》モンスター相手にそうぽんぽん使っていいもんでもないぞ」

「いや問題ねえぜ。俺に任せてくれ。とりあえず砂の中のサソリの位置が分かればいいんだろ」

ドラグはそう言うとアースを呼び出す。アースは地面に関するスキルを豊富に持つゴーレムなため、対応策となるスキルも持っていた。

「アース、【地震】！」

ドラグが最も手っ取り早い方法を告げ、アースが地面を揺らすと砂の中からダメージを受けたエフェクトが弾ける。それはそこに何かがいることを示すものに他ならない。

「シン、今だ！　その剣なら安全に行けるぜ」

「おう！」

シンは足場にしていない剣をダメージエフェクトが発生した砂中に飛び込ませ、引き上げる。

するとそこにはどれも真っ黒いサソリが串刺《くしざ》しになっており、抜けようともがいた後パリンと音を立てて消えていった。

「ＨＰが低いのが救いか。砂の上を歩く前は地道にこれを続けるしかないだろう」

「仕方ねえかあ。つってもボスが嫌な予感しかしないな」

道中の雑魚モンスターが即死攻撃持ちのサソリということを考えると、ボスも相当捻《ひね》くれたものであることが予想できる。

「まあ対処法があるだけマシだぜ。あと刺されたのがクロムだったのも助かったな」

人によっては訳の分からないまま脱落である。改めてダンジョンに自ら入っていくことのリスクを思い知って、それでも四人は先へ進むのだった。

それからしばらく、地面全体に影響を及ぼせるアースとドラグが跳ね上げたり突き刺したりしたサソリを三人で倒して安全圏を確保して進んでいると、ようやく足場が砂で覆われていない場所にやってくることができた。

「はぁ……良かった。ここなら多少落ち着けそうだぞ」

「いや、本当あのサソリ面倒だったなぁ。また砂地には行きたくないけど……」

「【崩剣】にはほんと助かったぜ。体感だとこれで半分来たってとこか？」

「岩場になったことを考えても、一区切りついたということなのだろうな」

足元への警戒をある程度緩めても問題なくなったことで、四人の進行速度はグンと上昇する。そうしてクロムを先頭に進んでいると新顔のモンスターが現れる。

「っと、ここは蛇か。岩穴から出てくるな」

「どうせ毒か即死待ちだぜ。さっさとやっちまおう」

この蛇もＨＰは低いようで、四人はこのダンジョンがおおよそ奇襲によって即死を狙《ねら》うタイプのコンセプトだと理解した。

「神経がすり減るな……」

「早くボスまで行きたいとこだが、っと何だ？」

先頭を歩いていたクロムが角を曲がったところで岩壁からいくつも花が咲いていることに気がつく。今の四人にとってあらゆるオブジェクトは即死攻撃をしてくるもののように思えているため、刺激しないよう、触れないよう静かにそこを通り抜ける。しかし、そうは問屋が卸さないといったところか、岩穴からするりと抜け出た蛇がその花を体で刺激してしまう。すると花に触れた時のものとは思えない鈴の音のような『音』が響き、壁の穴から蛇が這《は》い出してくる。

「あっ、くそっ！　せっかく触れないようにしたのによ！」

「ウェン、【風神】！」

押し寄せてきた蛇を倒しきるために、シンは仕方なく風の刃を放たせる。それは当然、他の花をも刺激してしまうが、まずはこの蛇の群れをしのぐことが先決である。シンは【崩剣】を回転させ近づいてくる蛇を次々に斬り捨てていく。

「内側に入りそうなやつに攻撃してくれ！　そこまで細かい操作はまだ無理だからな！」

「とりあえずこっちは弾き返すぜ！　【土波】！」

「ネクロ【死の炎】！」

「【血刀】！」

押し寄せる蛇に噛《か》まれないように全員が複数体を攻撃できるスキルで数の不利を覆す。下手《へた》に逃げるよりも居座って迎撃に全力を尽くすというのは間違っていなかったようで、全《すべ》ての蛇を倒しきることに成功した。普段とは違い一撃も受けてはいけないという戦闘が終わり、四人が皆安堵《あんど》の息を吐く。

「早くボスまで行こう。これ道中の方が疲れるよ」

「同感だぜ……」

もう一度花が効果を発揮することがないうちに、四人は急いでこの場を後にして先へと進むのだった。

そんな四人の願いが届いたのか、ボス部屋まではそれほど遠くはなく、しばらく蛇を対処しているうちに普段もよく見る扉前までやってくることができた。

「さてと、開けるぞ。いいな？」

「ああ、問題ないぜ」

「いいぞ、こっちも準備万端だ！」

「私もいつでも構わない」

全員の了承が得られたところで、クロムを先頭にボス部屋の中へ飛び込む。そこは天井からさらさらと砂が落ちて何箇所かで砂山になっており、地面が砂で覆われている部屋だった。しばらく四人で固まって様子を見ていても特に何も現れないため、どういうことかと訝《いぶか》しむ。

「何もいない……のか？」

「いや、奥の砂山に何か埋もれてるなぁ。怪しさ全開だぞ」

シンは何かを見つけると、もう自分から近づいていってはやらないとばかりに剣を飛ばしてそれを掘り出していく。カスミはそれを見てスキルを使って正体を確認する。

「【遠見】……人骨か？　いや、中に何かいるな。クリスタルの蛇と……サソリ？」

頭蓋骨《ずがいこつ》の中にキラリと光る何かが見え、それが全身クリスタルでできた蛇とサソリであることが分かった途端、二匹は頭蓋骨から這い出して砂山に隠れてしまう。

それと同時にいくつもある砂山の中から見覚えのある蛇とサソリが大量に這い出してくる。

「「「「またか！」」」」

予想通り、だが当たって欲しくなかった予想が当たり、四人は声を揃えて叫ぶ。

ボスとなるのは間違いなくあのクリスタルの蛇とサソリだが、それを倒す前にこの大量の即死効果持ちの雑魚モンスターを処理しなければならない。

ボス部屋に出てきて欲しくなかったものが全部出てきてしまったが、四人は腹をくくって武器を構える。

「サソリは間違いなくやばいぜ！　俺とシンはそっちをやる。カスミとクロムは蛇を頼む！」

「「ああ！」」

「【土波】！　アース、【地震】！」

「ウェン、【風神】！　【崩剣】！」

ドラグは地面を揺らし、広範囲のサソリに一気にダメージを与え、ノックバックで跳ね飛ばして砂から引きずり出す。

シンは【崩剣】で分割できる最大数まで剣を分割するとそれを地面スレスレにまとめて横薙《よこな》ぎに振るって一気に撃破していく。

「【死の炎】！」

「【武者の腕】！　【血刀】！」

クロムとカスミはクロムが少し前に出ることによって敵を引きつけ、吹き出す炎で一気に焼き払う。残った蛇はシンと同じように横薙ぎに振るわれた液状の刀が斬り捨てていく。しかし、砂からは次々にサソリや蛇が湧《わ》いて出て、キリがない。

「こっちはスキル使って対応してんだぜ⁉　このままじゃクールタイムで捌《さば》ききれねえぞ！」

「どこかにあの二匹がいるはずだ！　ボスはあのクリスタルの奴《やつ》だろ、探すしかねえ！」

カスミとクロムの範囲攻撃は連打することができない。シンが何とか剣を分割して捌いているもののの、ワンミスで崩れたとしてもおかしくない。

「っ、しゃーねえ奥の手だ。アース、【怒れる大地】！」

ドラグがアースに命じると、部屋のほとんどを覆うレベルで地面が赤く光り、そこから鋭く尖《とが》った岩が飛び出してくる。それは蛇やサソリを問答無用で砂から引きずり出して、串刺しにしていく。

「いたぞ、あそこだ！」

「おーう、任せろ！」

カスミはボスの居場所を見つけるために観察に回り、そうして素早く見つけたクリスタルの蛇とサソリをシンの剣が一気に斬り裂いていった。

「どうだ⁉」

「いや、終わってなさそうだぜ」

一定のダメージを受けた所で二体はするりと抜けてまた砂の中へ潜っていってしまう。四人はまた砂の中から蛇とサソリが溢《あふ》れ出てくるのに備えて身構えるが、一向にその気配はない。

不思議に思っていた四人だったが、部屋の奥の砂山がもぞもぞと動いているのを見てそちらに体を向け直す。次の瞬間にでも溢れ出してくるのではないかと思うものの、二つの砂山はそのまま形を成して凝固していき、最終的に砂でできた四人よりも大きい蛇とサソリになった。額部分にはクリスタルの体が小さく露出しており、二体が形をなすと同時に溢れかえっていた蛇とサソリは消えていった。

ＨＰの減少によるギミック。ボスの真骨頂である形態変化。

本来なら気を引き締める所だったが、四人は待っていたとばかりに嬉《うれ》しそうに武器を構える。

「これなら真正面からやれるぜ」

「俺が引きつけよう、三人はその隙にやってくれ」

「まずサソリから行こう。いっても攻撃は面倒そうだしな」

「ああ、これなら【武者の腕】もよく当たる」

ようやくボスらしくなった二体を見て、残ったＨＰはそれほど多くはないものの、ここからがボス戦だというような雰囲気で四人は駆け出していく。

「【挑発】！　ネクロ、【衝撃反射】！」

「【地割り】！」

クロムが注意を引きつつ砂のサソリに接近する。サソリはオーソドックスにハサミと尻尾《しっぽ》を使って攻撃してくるほか、地面から先ほどのドラグのように鋭く尖らせた砂を突き上げてくるが、クロムに攻撃されつつ防がれつつなため、砂の棘《とげ》を直撃させても回復速度を上回れない。

ドラグはクロムがサソリを引き付けているうちに蛇の方の地面を割り、行動を阻害する。

そうしているうち、カスミとシンがクロムの両脇を駆け抜けていく。狙うは見るからに弱点である、露出した本体部分である。

シンは全ての剣を一点に集中させ、そのまま高速で飛ばし、カスミは武者の腕と合わせて三本の刀で突きを繰り出す。パキィンと高い音が鳴って全ての剣がクリスタルの体を貫き、作り上げられたばかりの立派な砂の体はさらさらと崩れていく。

「なんだ、存外あっけないものだな」

「んじゃ次な」

「お、これタゲ取らなくてもいけそうだな？」

先行して攻撃しているドラグの元に三人も参加して攻撃していく。その結末はサソリと寸分違わないものになるのだった。

◆□◆□◆□◆□◆

残った四人であるメイプル、サリー、ミィ、フレデリカは北へ向かって進んでいた。

移動手段はシロップ、イグニス、暴虐メイプルといくつかあったが、速度もあり不可逆的な変化を起こさないイグニスでのものに決まった。

「あ！　またメダルだよ！　みんな早いなぁ……」

「そもそも全然ダンジョン見つかってないしね。一つはクリアしたけど、ハズレだったし」

「やけに簡単だったと思ったが、結果を見て納得だ」

「まー簡単だったのはメイプルがいたせいもあると思うけどー？　【身捧《ささ》ぐ慈愛】と高防御はボスによっては完封できるしー」

「まあ、それでも万能ではないことも分かってきた……それなりに共闘もしてきたからな」

メイプルのスキルはどれも相性が極端なのだ。毒耐性持ちや高防御モンスターには【機械神】や【毒竜《ヒドラ》】は相性が悪い。メイプルは防御極振りにもかかわらずダメージを出せるが、そのダメージを上げていく方法を持たない。七層でミィに言われていたことだが、皆の攻撃能力が上がるにつれて、平均的な威力に落ち着いていくのだ。

「そもそもー？　ダメージがここまで出るのがおかしーんだって」

「そうかな？」

「それはそうだね」

「あっ、サリーまでー！」

ともかく頼もしいギルドマスターだとサリーは笑う。こうやって和やかに話していても問題ないのはメイプルの【身捧ぐ慈愛】が常に展開されているためである。

「さてどうする？　現状、北の方でサリーが見つけたオブジェクトは全《すべ》て回ったが……」

「空から見てて特徴的な地形に行ってみるしかないかな。元々マップかなり広かったし流石に全部は回れてないからなあ」

サリーは予選のタイミングでポイントを稼ぐついでに印をつけておいただけであり、あくまでメインは本戦のためのポイント稼ぎだったのである。

「じゃあ一つ一つ探していくしかないかあ。むぅ、これは大変ですね？」

「うん、そうですね」

「もー、本当にどうするか決めないとさー」

「それなら一度降りるか。空からでは細かいことは分からない。それに、偶然ダンジョンに侵入するなどということも起こらないだろう」

メイプル達も賛成のようで、ミィはイグニスの高度を下げ地面に降りる。すると、周りからは早速ガサガサと何かが近づいてくる音がする。そして出てきたのは、二日目夜の基本モンスターである一つ目四足歩行の悪魔だった。

「あ、出たー。偽メイプルだー」

「えっ、わ、私？」

「まあ言いたいことは分かるけど」

フレデリカに偽メイプルと称されたモンスターはフレデリカをガシガシと爪でひっかくが、それは全てメイプルに庇《かば》われて無効化される。

「本当、外で安心できるってすごい便利ー」

フレデリカが杖《つえ》でモンスターの頭をペシペシ叩《たた》いていると、横合いからミィの【炎帝】の火球が飛んできて、モンスターを焼き払う。

「探索するのだろう?」

「はいはーい。私も頑張りますかー」

「私もー! 【全武装展開】【攻撃開始】!」

サリーは接近して変に三人の射線を遮らないように、一旦《いったん》引いて成り行きを見守る。

こちらがダメージを受けない以上どこまでいっても一方的な蹂躙《じゅうりん》になるのは仕方ないことだった。

そうしてしばらくモンスターを倒しながら歩いているとミィが不思議な点に気がつく。

「この辺りは少しモンスターが多いな」

「マップの端の方だからじゃないのー?」

「……いや、確かに多いような感じもするね」

既に一つダンジョンをクリアしている四人は、その過程で別のマップ端辺りを探索していた。その時と比べると確かに襲撃が激しいように感じられた。

「何かあるのかな? ……モンスター発生装置とか!」

「それはやだなぁ。でも、何かあるかもしれないし、この辺り探してみる? 時間的にもそろそろラストチャンスだし」

不測の事態にも備えて拠点には早めに戻っておきたいものである。休息を取らずに三日目の探索に向かい、パフォーマンスが悪くなってしまうのは避けたい。

諸々《もろもろ》を鑑みると、そろそろ探索を切り上げなければならない頃《ころ》だった。ここから移動して時間を使うくらいなら、ここを突き詰めてしまった方がいい。

「んじゃあモンスターが多い理由を見つけに行こー！」

「んー、サクッと見つかるといいねー」

ミィとサリーは攻撃能力が十分にあるため、基本は【身捧ぐ慈愛】内で迎撃していれば探索は容易である。モンスターを倒しつつ、それが大量にいる場所を探して歩き回っていると次第に疑念は確信に変わっていく。

「本当だね、多いかも！」

「だね。間違いなく何かある」

最もモンスターが多い場所までやって来ると、紫色で渦を巻いている円形の光がゲートのように浮かんでいるのが木々の隙間《すきま》から見て取れた。

そこからは多様な悪魔型だけでなく、予選の時にメイプルが見た恐竜や大型ワニのようなモンスターなども這《は》い出して来る。

「ダンジョン……とは違うような気もするけど、どうサリー？」

「うーん、まあ雰囲気違うよね」

「でも本当はどうなのか分かんないし、ほらメイプルが入ればあれ触りに行けるでしょー？」

「試してみても悪くはないだろうな」

ここまで来て違っているかどうか確かめずに帰るのももったいない話だ。

「ただ、色んな種類がいるから、貫通攻撃持ってるのもいそうなんだよね」

「うっ、だよね。うーん、ぱって近づいてぱぱって離れないと怖いし……じゃあ飛んでいくとか？」

「イグニスか？　木々が多いからな、回り込むなどしなければ……ここからは行けなそうだ」

「飛ぶって、メイプル。あっち？」

「うん！　これで！」

メイプルは自分の背中にある立派な兵器をポンポンと叩く。サリーがまあそれもアリだとすっと受け入れているのを見て、サリーがいいと言うなら大丈夫かとフレデリカとミィも受け入れる。こんな大層な兵器なら飛行能力も備え付けられているのだろうと、二人は勝手に推測した。

「行けると言うなら私も構わない」

「じゃあ皆私にしっかり抱きついてね」

「ん？　んー、こう？」

「こ、こうか？」

メイプルを囲むようにして三人で抱きつくと、メイプルはアイテムボックスからロープを取り出して固定する。

「ふー……よし。いいよメイプル！　いつでも！」

「な、何その覚悟……あっ⁉　まさかこれギルド戦の時、空から落ちてきた……」

フレデリカの記憶に普通の飛行ではありえない爆発の記憶がフラッシュバックする。

「【攻撃開始】！」

「ま、まずいのか？　ひゃうっ⁉」

メイプルの背中のレーザー兵器などにエネルギーが充填《じゅうてん》されていき、限界を超えたチャージによって兵器が爆散すると同時、その爆発の反動で四人は砲弾のようにかっ飛んで木々の間をすり抜け、真《ま》っ直《す》ぐ紫の光に突っ込む。

光は見た目通りゲートだったようで、メイプル達を通過させると、親切なことに速度を落としきって緩やかにゲートの先に着地させてくれた。

「とうちゃーく！　お疲れ様です！　短い旅でした！」

「な、なるほどねー。これで飛ぶのは私には無理だなー……」

「……これ程羨《うらや》ましくない機動力も珍しい」

「ふう、私も慣れないなあ」

「サリーが妙に落ち着いてるから、普通だと思ったでしょー！」

「あれもメイプルの普通なの」

そういうことじゃないけれどと、そんなことを言うフレデリカだったが、ゲートも潜ってしまったことだし、とすっと切り替える。ここはモンスターを吐き出す謎のゲートの向こう側なのである。

「今のところ、特に何かがいるようには見えないが……」

四人が落とされたのは暗い紫色の壁と床が広がる広い空間である。壁や床は時折動いているようで、この場所がまともなダンジョンではなさそうなことが分かる。

「でも、着いてすぐモンスター塗《まみ》れとかじゃなくてよかった」

「そうだね。じっくり探索していこうか」

こうしてメイプル達四人はこのダンジョンの最奥を目指して歩き出したのだった。


枝分かれしている通路を右へ左へ進んでいくと、最早見慣れた仮称偽メイプルと巻角を持ちコウモリのような翼を生やした悪魔が度々襲ってくる。それらは何かしらの方法で視界外のプレイヤーを認知しているようで、立ち止まっていても向こうから次々にやってくる。それが無謀な突撃だとしてもである。

「メイプルがいればこの二種に負ける要素はないな」

「ふつーに経験値美味《おい》しいー。いいねー」

「ＭＰポーションはイズさんからもらったのがいっぱいあるから大丈夫だよ！」

「……ダンジョン内にこれがいるってことはやっぱり二日目以降発生とかなのかな？　予選の時にあったらあんな紫のゲート滅茶苦茶目立つだろうし」

スキルに回数制限の多いメイプル程ではないものの、ミィも燃費が悪いため、モンスターを何体か倒すたびにＭＰポーションを使わなければならない。

サリーもモンスターを斬り伏せてさらに奥へ歩を進める。メイプルの性能が極端なため、ダンジョン攻略は全《すべ》てを無力化し簡単に終えるか、メイプルにとってかなり厳しいものになるかの両極端になりやすい。今回のダンジョンは前者と言えた。ただ、このダンジョンもモンスターをけしかけるだけではないようで、ある程度奥に進んだところで初期地点のような広い空間が現れる。その壁は今までのような紫色のものではなく、白い膨らみがいくつも見られるものに変わっていた。

「んー……壁に白い膨らみがあるね」

「撃ってみる？」

「いや、何があるか分からないしやめとこう」

「どうやら、こちらから動かなくとも向こうから来てくれるようだぞ」

ミィがそう言って一つの膨らみを指差す。それはつまるところ、言い表すなら蛹《さなぎ》だとか繭だとか、そういった類のものだった。四人が近づいたのに反応してそれらは裂けてなかからずるりとモンスターが這い出てくる。

量からして塔でのモンスターハウスを思いだしたメイプルとサリーは、フレデリカとミィに指示を出す。

「尖《とが》ってる武器とか、角とか持ってるのから順に倒すよ！」

「防御貫通攻撃がなければ大丈夫！」

「そうか、それもそうだな。分かった」

「これならガンガン前に出られるし━、それっぽいの探すくらい簡単。狙える狙える」

　悪魔型の中でも槍《やり》を持つもの、鋭い牙《きば》や爪を持つものなどから順に倒されていき、逆に筋肉が異常に発達しておりいかにもなパワーファイターなどは後回しにされて最後まで残っていく。力ではメイプルを突破できないため優先順位は低い。

「【炎帝】！　イグニス、【連なる炎】！」

「朧《おぼろ》、【火童子】【渡火】！」

　二人のスキルによって炎が炎を呼び、モンスターを焼いていく。ある程度の量のモンスターがいることで真価を発揮する連鎖ダメージスキルなため、部屋を埋めるように溢《あふ》れかえるモンスター群には効果覿面《てきめん》だった。

「【毒竜《ヒドラ》】！」

「本当メイプルは数に強いな……」

　範囲攻撃と有効打を持たないものをシャットアウトする防御力。そしてそれは周りに他のプレイヤーがいて、より凶悪なものとなる。どこまでいってもメイプルの本質であり得意分野なのは防御なのだ。

防御貫通を持っていそうなモンスターを倒しきってしまえばあとは消化試合だった。リソース消費を抑えるためMPを使わずにダメージを出せるサリーが攻撃してモンスターを倒しきる。

「ふぅ、片付いた」

「お疲れサリー！　いっぱいいたけど全然問題なかったね！」

「うん、メイプルのお陰で楽に戦えてる」

「えへへー、そうー？」

「また奥へ進めそうだな。この調子ならボスまでに詰まることもないだろう」

「だねー。さ、行こ行こー」

メイプルの【身捧《ささ》ぐ慈愛】の範囲から外れないように進んでいくと、そこからは標準装備とでもいった風に白い膨らみが通路や壁から飛び出しており、初期地点と比べてモンスターの量も多くなっていた。

「あ、そうだ！　日を跨《また》ぐ前に……【暴虐】！」

もうすぐ一日が終わってしまうため、メイプルはスキルを発動しておく。ダンジョン内なら無駄になることもまずないだろう。そして【暴虐】を使ったことによって、今まではたまに致死毒を撒《ま》いたりレーザーを放ったりするだけでおとなしめだったメイプルが、本格的に戦闘に参加することとなる。

「あ、真メイプルだー」

「真って何、真って」

「カスミのハクにも感じたが、やはりサイズは正義だな……」

メイプルは巨大な口を広げ、通路を先頭で走っていく。流石に【暴虐】サイズに調整してはいないため、姿勢を低くしなければ通れないがそれはモンスターが左右から回り込むことができない程度の広さだということと同じである。

メイプルがガシガシと開閉する口は正面から突っ込んできたモンスターを無差別に飲み込み食い散らかしていく。何とか生き残ったモンスターは口から這い出るがそのままメイプルの六本の足に踏みつけられて後方に抜ける頃《ころ》にはボロ雑巾《ぞうきん》のようになっている。

「【多重風刃】!」

ただ、メイプルのそれを生き残ったところで別に見逃してもらえるわけではなく、魔法の使える三人によって着実にトドメを刺されるだけだった。

「流石にこの形態なら雑魚《ざこ》は一方的になるかぁ」

「そうだな……普通、プレイヤーにはどの形態もなにもないはずだが」

ついでに炎も吐きながらモンスターを蹂躙《じゅうりん》して回っていると、四人の予想通りあっという間にボス部屋前までたどり着いていた。

「ギルドが違えば攻略法も変わってくるねー」

いのだ。

「断言するけど、これはメイプルだけだから」

【楓《かえで》の木】全員がこうではない、似たような雰囲気を出し始めているものもいるがここまでではな

「開けるよー？」

「うん、入っちゃって」

メイプルが頭で扉を押し開けて中に入ると、部屋にはモンスターを生み出す白い膨らみが大量にあり、最奥に今まで見てきたものより遥《はる》かに大きく、これはもう完全に繭と言っていいような楕円《だえん》の白い塊があった。

四人が部屋に入ると同時、その巨大な繭はバクリと裂けて中から紫の光が溢れ出し、歪《いびつ》に伸びた鋭い爪を持つ十を超える手足と顔のない頭に、皮膜の破れた翼。フレデリカが偽メイプルと形容したモンスターを違法改造したようなモンスターが這《は》い出してくる。

「真偽メイプルだー！　真偽メイプルじゃない？」

「馬鹿言ってないで戦うよ！」

「ああ、全力で行く」

「皆、来るよ！」

繭から完全に抜け出た翼でバサリと羽ばたくと、鉤爪《かぎづめ》をぎらつかせながら、ボスは四人に飛びかかってくるのだった。

ボスが反動をつけて長く伸びた手足を振ると、それはゴムのように伸びてかなりの速度で両サイドから四人に向かってくる。

「【多重障壁】！　ノーツ、【輪唱】！」

フレデリカによってミィと自分の前に障壁が生み出される。サリーは間違いなく回避するだろうし、メイプルのサイズを覆い切るのは無理なため守るならばこことという訳だ。

「っ、つよ……!?」

腕は予想よりも遥かに威力が高く、フレデリカの障壁が砕かれていく。しかし、到達を遅らせることに意味はあった。

「【フレアアクセル】！」

ミィが一気に加速して、フレデリカの元まで来ると、そのままフレデリカを抱えて鉤爪が届く範囲から脱出する。

「ナーイス、ミィ！」

「気を抜くなよ？」

フレデリカの予想通りサリーも当然のように回避する中、メイプルはその巨体ゆえに逃げ切れず鉤爪を受けてしまう。

メイプルの外皮には左右からの鉤爪の数だけ傷がつきダメージエフェクトが弾ける。

まだ【暴虐】が解除されるまでには至っていないが、このままでは時間の問題である。

「うぅ、これ全部防御貫通……！」

「まずは空から落とすよ！　ミィ、フレデリカ！　【氷柱】！」

「イグニス【消えぬ猛火】！」

「はいはーい【多重重圧】」

次の攻撃を繰り出そうとするボスに対し、フレデリカが魔法を使い動きを鈍らせる。

左からはサリー、右からはイグニスに乗ったミィが接近し、一気に頭上を取ると地面に叩《たた》き落《お》とさんとばかりに攻撃する。

「【クインタプルスラッシュ】！」

「【炎帝】！」

頭部に着地したサリーはスキルを発動し、頭から背中を斬り裂いて、転がるようにしてボスの背後へ抜けていき、ミィはイグニスの機動力を生かして迎撃のために向けられた鉤爪を躱《かわ》して反撃し、ダメージによってボスが地面へと叩き落とされる。

するとそこに待ってましたとばかりにメイプルが飛びかかり、先程の仕返しとでも言うように腕を食いちぎり羽を引き裂いていく。

しかし、ボスも黙ってはおらず、鉤爪でメイプルを斬り裂き、口から吐いた紫色の光線で外皮を焼いていく。

「「………」」

共食いのようなその光景に、三人は一瞬呆《ほう》けてしまうが、すぐにメイプルに加勢する。

三人から援護されて、メイプルはさらにボスにダメージを与えていく。三人の攻撃でひるめば、すかさず六本の足で相手をがっしりとホールドして熱線のような炎を浴びせる。【身捧ぐ慈愛】があるため、巨体がめちゃくちゃに暴れていようが味方の参戦は容易なのだ。

しかし、ボスの意地といったところか、メイプルがボスを捕食しきるよりも先に、ボスがメイプルの【暴虐】を引き裂いて、メイプルを地上に落下させる。体格差が一気にできたことで、ボスはメイプルを押しつぶすように体を重ねる。それくらいならと構えるメイプルだったが、ボスの腹の部分がぐにぐにと蠢《うごめ》き、そこから鋭い針が生成されるのを見て目を見開く。

「あっ、えっと【ピアースガード】！」

明らかに使い慣れていないスキルで何とか貫通攻撃を無効化した直後、巨体に押しつぶされて三人からはその姿が見えなくなる。

「メイプル、大丈夫⁉」

サリーの問いかけに対して返事は聞こえてこないが、少ししてボスの体が内側から弾ける鈍い音と共に、ダメージエフェクトを大量に発生させて背中から黒いもやを纏《まと》った五本の触手がうねうねと伸びてくる。

「ギミック⁉　自傷して形態変化ー？」

「いや、あれは」

「メイプルだね」

「えぇ……？」

その触手を器用に動かし、体に空いた穴を通って背中側からずるっとメイプルが出てくる。

「ふぃー、脱出成功！　わわっ【カバームーブ】！」

メイプルは再び飛び上がって距離を取ろうとするボスの背中からサリーの元へ瞬間移動する。

「どうかな？　結構ダメージ与えたと思うけど……」

メイプルの触手には攻撃性能しかないため、次のボスの出方に備えて、左腕を元に戻す。

「半分ってとこだね……結構タフだなあ。炎攻撃が効きにくいのかも」

「【悪食】もまだまだ使えるよ！」

メイプルの二日目は拠点で過ごしていたか、目印となるように爆発していたかでほとんどの時間が使われている。

そのため、【機械神】の兵器の量は残り少ないものの【悪食】や【毒竜《ヒドラ》】や【捕食者】はまだまだ呼び出せ、パワーも十分だ。

四人は飛び退《との》いたボスの次の出方を見ようとじっと構える。すると、ボスは生まれた繭の前で高度を保ち、後ろの繭から紫色の光を取り込み始めた。

「何か来る！」

紫色の光が十分に溜《た》め込まれ、ボスの体から同じ色の光が立ち上り始め、いくつもの魔法陣が展開され、それらから紫色の炎が撃ち出され四人に向かってくる。

「【多重加速】【多重障壁】！」

移動速度を上昇させることで、三人は回避を試みる。逆にメイプルはしっかりと大盾を構えてその攻撃を受け止めにかかる。紫の炎は【悪食】によって吸収されていくが、その凄《すさ》まじい量に先に回数の方が尽きてしまう。ただ受け止めるだけになったメイプルの周りが燃え上がり、メイプルのＨＰを削っていく。

「やっぱり!?　炎は駄目だって！」

敵の使う炎にはいいイメージがないメイプルは、急遽《きゅうきょ》兵器を展開すると、自爆して一気に後方へ下がる。

「私達は避けられるから！　こっちで注意を引いてるうちに回復して！」

「うん！　ありがとう！」

サリーは集中力を高めると、弾ける炎の間をすり抜けて、一気に距離を詰める。

「【水の道】！　【氷結領域】！」

サリーの足元から前方に水の柱が伸びていき、それと同時に、サリーの体から白い冷気が放たれる。サリーの周りのものは急速に凍っていき、サリーの武器からは朧《おぼろ》によって付与された炎と【氷結領域】による氷が代わる代わる現れる。炎と氷を散らしつつ、水の道を凍らせて、サリーは再びボスを地面に落とさんと駆けていく。

「空中でも、随分動けるようになったかな！　【氷柱】！」

空中に足場を作るスキルと、糸を伸ばすスキルによってボスの炎をかいくぐり、まるで地面を走っているかのように自在に飛び回り、ヒットアンドアウェイでダメージを与えていく。

「よし、ボスはこっち向いたね……」

一旦《いったん》サリーのみが攻撃しているため、ボスはサリーの方を向き、全《すべ》ての炎がサリーに襲いかかってくる。だが、それは予定通り。あとはこれを避け切るだけ。

「集中……！」

大型ボスなだけあって、攻撃自体は細かなものというより全体を焼き払ってしまえばいいというタイプである。地面に残る炎を避けるため、空中を経由することも忘れずに、回避を続けていく。

前のイベントで塔十階にダメージフィールドを残すタイプでもっと繊細で強い敵がいたのもあり、サリーは未来が見えているかのように攻撃を回避する。

「すっごー……」

「フレデリカ、ミィ、メイプル！　そろそろ準備終わった？」

「うん！　大丈夫！」

「ああ、問題ない」

「バフ掛けもオッケーだよー」

「なら、【超加速】！　朧【神隠し】！」

サリーは加速し、背後から迫る鉤爪を朧のスキルで透かすとメイプル達の元まで走っていく。そこには巨大化したシロップとイグニス、そして残った兵器を展開するメイプルと全身を炎に包まれたミィがいた。

「んじゃあ最後の仕上げにー、ノーツ、【増幅】！」

「【殺戮《さつりく》の豪炎】！」

「【攻撃開始】！　【毒竜《ヒドラ》】！　【滲《にじ》み出《で》る混沌《こんとん》】！」

フレデリカがスキルの威力を強化すると同時に、二人からは強力なスキルが、シロップとイグニスからはそれぞれ炎と光線が放たれる。

それらは紫の炎と正面衝突し、派手にエフェクトを弾けさせるが、サリーが注意を引いているうちに積めるだけ積んだバフが乗った二人の怒涛《どとう》の攻撃は、炎を押し返して背後の繭ごと破壊し尽くし、大きな爆発を起こす。

爆発の光が収まった時、壁にあった繭はボロボロになっており、ボスは体から黒煙を上げながらベシャリと地面に崩れ落ちて消滅していった。

「ふー、よしっ！　勝ったね！」

「ああ、いい攻撃だった。フレデリカもありがとう」

「豪快に倒してくれるとバフのかけがいがあるねー」

「今回はちゃんとメダルも手に入ったみたいだし、これで笑顔で帰れるかな」

「よーし、じゃあ倒されないように慎重に帰ろう！」

恐らく帰り着くのは最後になるだろうと、四人は全員が無事に拠点に帰り着いていることを信じてダンジョンから出ていくのだった。


メイプル達が拠点まで戻ってくると、そこにはすでに残りの十二人が揃《そろ》っていた。

全員無事に戻ってこられたようで、メイプルはその姿を見ると嬉《うれ》しそうにぶんぶんと手を振ってぱたぱた駆け寄っていく。

「皆お疲れー！　上手《うま》くいったね！」

「ああ、メイプル達も上手くやったようだな。私達も……少し面倒なダンジョンだったがなんとかなった」

「僕らのとこはペインを強化する戦略がハマったから、それなりに楽だったかな」

「『私達も皆さんが強くて上手く行きました！』」

「よかったー！　あ、えっと一緒に探索してくれてありがとうございます！　お陰でメダルもたくさん手に入れられました！」

メイプルが嬉しそうに【集う聖剣】と【炎帝ノ国】にお礼を言うと、むしろ礼を言うのはこちらだと、ペインとミィが返す。

「元々、俺達だけで向かって一枚でも得られれば上々だったんだ。こちらこそ、助かった」

「ああ、共闘も存外いいものだった」

笑顔を見せる二人を見て、メイプルもより嬉しそうな笑顔になる。

「三日目も頑張りましょうね！」

「勿論《もちろん》だ」

「ああ、俺達も最後まで生存できるよう力を尽くすとするさ」

ライバル関係であるとともに、メイプルにとってフレンドでもあるペイン達ミィ達を応援することは至極当然のことだった。

「夜中の見張りは俺がやろう。拠点とメダルの礼だと思ってくれ」

「私も同じだ。間借りしている分の働きはさせてもらう」

「えへへ、ありがとうございます！」

それでも何かあったらいつでも飛び出してきますからと言い残して、メイプルは共有スペースへ駆けていくのだった。

◆□◆□◆□◆□◆

「持っていかれたなあ、メダルをなあ」

「そうですね。まああの面々を前提にしてモンスターを組むと倒せる人が少な過ぎますし……」

【集う聖剣】【炎帝ノ国】【楓《かえで》の木】に入ったメダルの量を見ながら、眉間《みけん》を押さえる。特に前二つは強力なプレイヤーが大人数集まっているためミィやペインが獲得した以外にもメダルを手に入れていた。

「アクティブだわー、夜は寝る時間だぞ」

「勘も鋭いですしね。二日目に無理して動いたってことは、そういうことでしょうし」

「あとはあいつがどれだけ頑張ってくれるかだな」

そう言って男達は用意したモンスターを確認する。

「三日生存は難しい設定にしていますから、どうなるでしょうね」

こうして、結果が楽しみだと、三日目がやってくるのをじっと待つのだった。

六章　防御特化と大決戦。

交代で警戒しつつ全員がゆっくりと休むこともでき、状態も良好なまま三日目の朝を迎える。メイプルはベッドから起き上がるとぐっと伸びをして、隣のサリーの部屋へ向かう。部屋から出たところで、ちょうどサリーも外へと出てきてメイプルと鉢合わせる。

「おはよー。今日で三日目だね」

「うん、メダルはもう十分集まったし私達は生き残ること重視でいこう」

「あ、そうだ！　マップとメッセージは……」

「メッセージ機能は止められたままだね。ただ、マップはまたちょっと変わってる。まあ見たら分かるよ」

　メイプルがマップを開くと、そこには無数の青い点が表示されており、いくつか赤い点も表示されていた。

「これは？　あ、書いてある。えーっと青い点がプレイヤーで、赤い点が特殊モンスター？」

「うん。誰かと合流して生き残るか、特殊モンスターってやつ？　マップに映ってるくらいだし、多分ボスクラスの強さだと思うんだけど、それから逃げるか。ここまで生き残ってるなら通常モンスターくらいどうにかできるだろうし」

「ふんふん、なるほどー」

メイプル達はよっぽどのことがない限り今日は外には出ないだろう。マップに映っているのはプレイヤーの位置情報だけであり、個人の特定はできないため、【集う聖剣】と【炎帝ノ国】も外に出る理由が薄い。

つまり、きっちり準備をして全力で迎撃する、メイプル達の一番得意な戦法を貫けばいいのである。

「三日目は一日目、二日目と比べて終わりまでが短いのも気にはなってるんだよね。ただ生き残らないといけない時間を短くしたとも思えないし」

「大丈夫だよサリー。皆と一緒に戦えばきっと勝てるよ！」

「……ふふっ、それもそうだね。考えすぎても仕方ないか」

ある程度は目の前の出来事にその場その場で対応する柔軟性も必要である。しばらくすると各部屋から皆それぞれに起きてきて、いつ戦闘が起こってもいいように準備を始める。

メイプルとサリーはマルクスが設置した視界をスクリーンで確認しにいく。

昨日《きのう》の夜、せっかく外に出たのだからと、拠点外にもいくつか設置しておいたため、さらに確認できる範囲は広くなっている。

「便利だなあ……私もこんなスキル探すかあ」

「サリーなら使いこなせそうだよね。あ、モンスター映ったよ」

「入ってはこないみたいだね……ちょっと変わったのかな?」

三日目になっても外は薄暗いままであり、悪魔型モンスターはあちこちを徘徊《はいかい》している。そうして共有スペースでしばらく映像を見ていると、興味深いものが映る。

「あ、サリー! あれっ!」

「ん? あれは昨日の……」

外の様子が分かる映像の一つに、突然紫の靄《もや》のようなものが発生し、しばらくするとそこに見覚えのあるゲートのような紫の光が現れる。

二人が目を離さずにそれを観察していると光からずるりと二日目に大量発生した偽メイプルが現れて、のしのしと歩いていく。

「こっちに移ってきたってこと?」

「かもしれないけど……もしかしたら、増えた?」

あれの奥がダンジョンに繋《つな》がっているのかは不明だが、サリーには移動してきたというよりは増えたという方が自然に思われた。難易度を上昇させる際、分かりやすいのは敵のHPなどステータスを高くするか、数を増やすかである。

「他の場所でも増えてるとしたら……ちょっとまずいかもね。流石に対処できる数に限度はあるし」

メイプル達が複数体のモンスターを相手取るにはスキルや魔法が必要になる。それもそれなりの質を伴ったものでなくては一撃で倒しきれず二度手間三度手間になってしまう。

ペインやミィの奥義といえる【聖竜の光剣】や【殺戮の豪炎】なども連発できるものではない。

「場合によっては外へ出る必要があるかもね。ほら、この洞窟《どうくつ》がモンスターでぎっちり埋まっちゃうくらい襲ってきたら倒しきれなくて困るけど、外なら逃げるって手も取れるし」

「確かに……」

ただ、これもその時が来てみないと分からないことだとサリーは説明し、インベントリから林檎《りんご》を取り出す。

「ま、何事も臨機応変にね。あ、メイプルも食べる？」

「うん、もらう！　どこかで取ってきたの？」

「いや、いつもメイプルがこういうの持ってきてるし、たまには私からも何か渡そうかなって」

「んふふ、じゃあ私もお返しに……」

そうやって朝の時間を和やかに過ごす。他のメンバーもモンスターが襲ってこない間は平和なので、それぞれに時間を過ごしていた。しかし、今は生存を目標とするイベントの最中である。いつまでものんびりとさせてくれる程、モンスター達も甘くはない。モンスターの襲撃はまた刻一刻と迫っていたのだった。

しばらくして、モンスターが雪崩れ込んでくるようになり、空いた時間を使って、ミィやペインもスクリーン元までやってきて増えていくモンスターを確認する。

「これは……洞窟内の方が危険かもしれないな」

「ああ、私もそう思う。それに、最後のモンスター強化時間に大きな変化があるかもしれない」

「今ですら、結構な人数を割かないといけなくなってきてるからね」

二日目ではミィとペインの大技で一気に片付けることができていたのに対し、今はそこにバフや妨害、纏《まと》ってやってくるモンスターの寸断などが加わり、協力しより丁寧に戦闘を進めなければならなくなっていた。サリーも危惧《きぐ》していたように、二人もこの中で物量によって押し切られることを恐れていた。

「幸い俺達は緊急退避の術をいくつか持っている。様子を見て、外へ出てしまうこともアリだろう」

イグニス、レイ、シロップは空を飛ぶことができる。もちろんゲートから生み出されているモンスターには空を飛べるものもいるが、対処しなければならない数はぐっと少なくなる。

「サリー、皆で相談してみようよ。生き残るためには十六人でいた方が絶対いいし！」

「そうだね。そうしようか」

全員で集まって今後について相談した結果、メイプル達十六人は、次の襲撃を乗り切ったところで外へ出ることにした。

向かう先は、マップ中央あたりにある山である。山頂付近まで行ってしまえば、上がってくるモンスターがいても見やすく、避難も容易である。

「じゃあ次は全員でさっと倒して急いで外に向かいます！」

メイプルは最後にそう言うと、次の襲撃を待つ。襲撃には一定の間隔があるため、今のうちにイズは居住スペースを構築していたアイテムの回収を行っていた。そうして洞窟が元の何もない空間に戻ったところで、待っていた襲撃がやってくる。

しかし、まだ危惧するだけの物量に至れていないモンスターの群れではこの十六人を傷つけることはできず、完全に殲滅《せんめつ》されてしまう。

「今だね！」

「うん、出るよ！」

移動の速いものから順に先頭を行き、極振りの三人はツキミとユキミの助けを借りて急いで脱出する。そうして外へ出ると【集う聖剣】はレイ、【炎帝ノ国】はイグニス、【楓の木】はシロップで纏まって移動する。本来飛ぶものではないシロップの移動速度はどうやっても速くはならないため、レイやイグニスとは違い空を飛ぶモンスターの接近を回避することはできない。しかし、メイプルが乗っている限り防御貫通を持たないモンスターは群がってきても問題なく対処できる。近づくことはできても、傷をつけることはできない。それに対処しながら飛んでいくと、先に山頂にたどり着いた八人が見えてくる。

「じゃあモンスター倒して降りちゃおう！」

メイプルは装備を変更し、【ポルターガイスト】を発動させると兵器から伸びたレーザーを操り一体一体的確に焼いていく。

残りのメンバーもそれを手伝って、モンスターを倒しきったところで山頂にシロップを降ろす。

「ふぅ、後はここで生き残るだけだね！」

「うん。ここなら何か異変が起こったとしてもすぐ分かるし、対応もしやすいね」

薄暗いとはいえ、様々な地形が広がっている様子が分かる。何か異様なものが見えれば、すぐに反応できるだけの開けた視界があった。

「私は少し周りにアイテムを設置してくるわ。無抵抗でそばまで来させるわけにはいかないものね」

「なら俺が護衛でついていこう」

「私も行こう。それなら囲まれても問題ないはずだ」

「助かるな。頼む」

クロムとカスミがイズの護衛について迎撃用アイテムを設置しに向かう。マルクスもそれについていって、迎撃準備を整えていく。道が細くなっている場所や、不安定な場所には大量のトラップを仕掛けておくという訳だ。

これで地面を歩いて迫ってくる第一陣は順に坂を転がり落ちていくことになるだろう。そうして、準備をするメンバーがいる一方で、迫るモンスター強化時間に向けて、残りのメンバーは三百六十度異変がないか様子を見ている。

「異常なーし！　……？　サリーどうかした？」

「ん、いや、マップ開いてみて」

サリーに言われた通りマップを開くと、プレイヤーの表示が減っているのと、特殊モンスターを表す赤い点が増えていることがわかった。

「やっぱり皆、逃げ回っているからかな。赤い点は減ってない」

「生き残らないとダメだもんね」

「うん、私達も倒しには行けてないし。でも……何だか嫌な感じがする」

わざわざ特殊モンスターとしてマップに映っているものを放置していてもいいのか。サリーの中に疑念が浮かぶものの、確信となる情報はない。

「今は待つしかないか」

「大丈夫！　何かあった時は私が守るから！」

メイプルがそう言ってぐっと盾を突き上げる。

「ふふっ、ありがとう。頼もしいね」

山頂に来た以上、基本となる戦略は洞窟の時と同じ、有利な場所での迎撃である。

こちらから手を出しづらい特殊モンスターについて今考えても仕方がないとサリーは結論を出し、メイプルと共に飛んでくるモンスターの迎撃に専念するのだった。

視界が開けているというのは大きなアドバンテージであり、モンスターを先に察知することができれば対応も取りやすい。
そうして無事に生存を続けた十六人は、最後のモンスター強化時間を迎えた。時間は一時間。今までのそれよりかなり短い時間はプレイヤー達に安心より不安を感じさせる。何かがあるだろうと。

そして、それは的中した。

◆□◆□◆□◆□◆

イベントフィールドでは、増え続けるモンスターから逃げつつ、何とか残り時間を生き残ろうとするプレイヤー達がマップに映る他プレイヤーの元へ集まって集団を形成していた。一人で生き残ることが難しくとも、複数人ならば何とかなる場面も多くなる。そうしてここにも元のパーティーからはぐれた十数人が集まってきていた。

「な、何とかなりそうね」

「そうだな。これならやり過ごせそうだ」

「つっても、モンスター強化時間が来るぞ」

「大丈夫だ、ここにいるプレイヤーの数ならそれなりのモンスターは押し返せる」

さらに今のうちに篭れるような洞窟《どうくつ》を探している面々もおり、何とかなりそうだという空気が全員の間に漂う。しかし、それはモンスター強化時間の開始と共に打ち砕かれる。

遠くに見えるモンスター、それは今までのものとは全く違う、到底倒せるとは思えないもの。それはここにいた面々の「押し返せるであろう程度のモンスター」から大きく逸脱しているものだった。

「逃げよう、逃げるしかない！」

「そうね、どこか洞窟の中に！」

「ああ、あいつが入ってこれないような所に隠れるんだ！　倒さずとも生き残れば勝ちなんだ！」

そう言って戦闘を諦《あきら》めて全員が駆け出していく。周りから群がってくるモンスターなど可愛《かわい》いものである。戦えそうな相手かどうか、それを見極めることはとても重要で、ここにいる面々は現れたモンスターとの戦闘を早々に放棄した。

「モンスター側のやばい化け物はプレイヤー側のやばい化け物に任せとけ！」

「あれに向かっていくとは思えんがな！」

「ど、どうかしら。あの人達も相当よ？」

予選でもいくつかの場所でエリア一帯を滅茶苦茶にする攻撃があったことを思い出しながら、モンスターにはモンスターをと、その場を離れるのだった。

◆□◆□◆□◆□◆

強化時間に入った瞬間、マップのあちこちから紫の炎が空に向かって噴き上がる。サリーはすぐさまマップを確認し、それが特殊モンスターがいる位置と完全に一致していることに気づく。

その数は数十に及び、場所もばらけている。炎は一点に集まっていき、巨大なゲートを生み出すと、そこからメイプル達には見覚えのあるモンスターが現れた。

「サリー！　あれ私達が倒したのに似てない⁉」

「サイズは比べ物にならないけどね！」

いくつもの腕を持ち、翼から炎を散らすそれは二日目の夜に攻略した繭から生まれたボスとよく似ていた。違う点は完成しきったとでもいうような太くなった手や体。そして山頂からでも炎を纏《まと》ったその姿が見えるほどの圧倒的な巨体である。

「五十……いや、百メートルはあるか？」

「ちょっと本物より強そうになってるんだけどー？」

ミィとフレデリカも似て非なるその姿に反応する。体がゲートから完全に抜け出ると、それは腕を大きく広げ、ビリビリと空気が震えるような咆哮《ほうこう》をあげた。同時に、その巨体は紫の炎に包まれて様子が変わる。

「何か来る……っ、上！」

「うぇっ何あれ⁉」

星一つない空からは巨大な紫の火球が、流星群のように降ってくるのが見えた。

それはプレイヤーのいる場所に落ちるようにできているようで山頂に向かっても降ってくる。

「メイプル！」

「あっ、うん！」

あれが二日目に会ったボスと同じならメイプルの防御では無効化できないダメージを発生させる。

サリーとの意思の疎通は完璧《かんぺき》で、メイプルはすぐにサリーの考えを理解して、装備を変更する。

「【ヒール】！」

サリーの回復を受け、大天使装備を身につけたメイプルは迫る火球をしっかりと見据える。

「【イージス】！」

火球が直撃する直前に展開された光のドームはダメージを完全に無効化して、降り注ぐ火球の雨からメイプル達を守り切る。

「アース！　【大地制御】！」

それでも燃え盛る地面は【イージス】の効果が切れる前にドラグが対処した。燃え盛るものとして変更された地面を元に戻すことで、炎は全《すべ》て無力化された。

「ナイスメイプル！」

「うん！　でも……」

次がすぐに飛んできたとしたら同じ手は使えない。山頂からは炎の雨が眼下のフィールドも燃やしているのがよく見えた。今の攻撃だけでもかなりのプレイヤーがマップから消えているのが分かる。そして、悪いことに、特殊モンスターからまた炎の柱が噴き上がり、プレイヤーを求めてドスドスと歩き回る巨大な悪魔に炎が充填《じゅうてん》されていく。

「ペイン、メイプル。このままあと一時間は持たない。危険を承知で特殊モンスターを狩りに行くべきだ」

「う、うんそうだよね！」

「それだけじゃない。恐らくこの一時間、逃げているだけでは生存は難しくなっているはずだ。きっとあの巨大なモンスターの撃破が必要になる」

巨大な悪魔にはＨＰバーの表示があり、メイプルがかつて第二回イベントで追い回されたカタツムリなどとは違い、倒すことができるものであることが示されていた。

「可能性はある、か。ともあれまずは素早くフィールドを回って特殊モンスターを倒しきるしかない。マルクス、ミザリー、シン！」

ミィは三人を呼ぶとイグニスに乗り込む。同じように、ペインもドレッド達を集めレイに乗り込む。まとまっていてはプレイヤーごとに狙《ねら》いを定めて落ちてくる火球に次々に焼かれてしまうのもあり、ここで一旦《いったん》分かれて、大量にいる特殊モンスターを倒しに向かうことにした。

「俺達も行く。機動力に優れる者が素早く倒すのがベストだ」

「生きてまたあの巨大な悪魔の元で会うとしよう！」

そうして八人は分かれてモンスターの撃破に向かう。メイプル達もやるべきことをやらなければならない。

「ど、どうするサリー!?」

「私達の移動速度だとモンスターだらけの地上を倒して回るのは厳しい。でも、シロップの速度じゃ遅すぎる……ならできるのはあの巨大ボスに他のプレイヤーを倒させないこと」

炎が落ちる度にプレイヤーの数自体が減ってしまう。それは特殊モンスターの撃破を遅れさせることになる。であれば、ボスを怯《ひる》ませたりなどしてそれを少しでも遅らせることも有効である。

「ほら、私達は駆け回るよりボス戦の方が得意だから」

「ああ、いいんじゃないか。アイツを倒していいとこ持ってくってのも」

「逃げ回っていても仕方ないなら、いっそ全力で立ち向かうのも一つの手か」

やるならば全力で。メイプルは一つ強く頷《うなず》くと全員でシロップに乗って巨大な悪魔の元まで飛んでいくのだった。

近くで見るとそれは凄《すさ》まじいサイズで、注意しなくては足元を歩くだけで移動に巻き込まれて倒されてしまいそうなレベルだった。メイプルはシロップを少し離れた位置に下ろすと、今度はカスミが呼び出したハクに乗って近づいていく。

「じゃあ、作戦通りにやってみよう！」

「うん、危なかったら引くつもりで」

「じゃあソウやろうか」

「【暴虐】！」

「「「【幻影世界《ファントムワールド》】！」」」

メイプルの体が悪魔のものとなり、さらにそれを朧《おぼろ》、カナデ、ソウの三人が分身させる。第四回イベントの時は七体だったメイプルは本体を含め十体になってそれぞれに駆け出していく。それはボスの足元で爪を立てると、そのまま体をよじ登っていく。

「メイプル！　炎には気をつけて！」

「うん！」

サリーの声を聞きながら、メイプルは体の燃えている部分をうまく避けつつ、分身とともに体を引き裂きながら頭を目指していく。

「っとと！　危ない危ない」

巨大な悪魔が足元のプレイヤー達を攻撃している中、メイプルは身体中に傷跡をつけていく。しかし、流石《さすが》の巨体なだけあって、ＨＰバーはほんの僅《わず》かずつしか減少していかない。

分身は三分間しか持たないため、まずはここでできる限りＨＰを削るつもりなのだ。

そうしていると、メイプルの存在も知覚され、メイプルの足元が紫に発光し、炎が噴き上がる。

「うっ⁉　やっぱりダメージが……」

分身も対応する炎に焼かれていく。しかし、それだけではまだ【暴虐】は解けはしない。

「どんどんやっちゃうよ！」

今もペインやミィ達が弱体化のために頑張ってくれているのだから、こっちは攻撃を引きつけなければならない。事実巨大な悪魔の足は止まっており、大きな腕も他の【楓《かえで》の木】の面々を狙《ねら》っているようだった。

「皆、頑張って！」

また新たに傷跡をつけつつ、メイプルは七人のことを思うのだった。


メイプルは一旦暴れさせておいて、残りの面々は三人と四人に分かれて攻撃を開始した。

落下による事故死を防ぐため、マイとユイは地上で足を攻撃することになった。そしてそんな二人を守るのはクロムである。

「防御は任せとけ！　今は足も止まってる、やってやれ！」

「「はいっ！」」

二人はドーピングシードを使い、ツキミとユキミに乗って突撃するとそのまま大槌《おおつち》を振りかぶる。

「「【ダブルストライク】！」」

メイプルの攻撃の比ではないダメージが入り、凄まじいダメージエフェクトが弾ける。

「「【ダブルインパクト】！」」

二本持ちの大槌と最高クラスの攻撃力が叩《たた》き出すダメージは凄まじく、本来生き残っているプレイヤーが何人も集まってようやく出せるダメージを一撃ごとに与えていく。攻撃に専念できるなら、それはより強力なものとなる。

しかし、それを許してもらえるはずもなく、当然二人を簡単に薙《な》ぎ払《はら》えるサイズの悪魔の腕が一本振り抜かれる。

「【マルチカバー】【ヘビーボディー】！」

「「クロムさん！」」

その巨体からノックバックを警戒したクロムはスキルを使いがっしりと大腕を受け止め、盾で受け流す。腕は炎に包まれており、受け止めたクロムを燃やすものの、クロムは驚異的な回復力で次々に振り下ろされる腕での攻撃に耐えて生存を続ける。

「ははっ、普段はメイプルがやってるからな。たまには俺にも守らせてくれ！」

「「ありがとうございますっ！」」

そうしてまた力強く何度も大槌が振るわれ、一度今までよりも大きな轟音《ごうおん》が響いたかと思うと、片足が傷だらけの見た目に変わり、悪魔はがくりと片膝《かたひざ》を突《つ》く。

「なるほどな……！　でかした、効いてるぞ！」

ならば次は逆側の足である。クロムはツキミに乗せてもらうと、三人でもう片足を破壊するために駆けていくのだった。


クロム達と分かれたサリー達はハクの頭に乗って、体の周りに巻きついて足場となって貰《もら》ったところで斬りつけていく。

「【武者の腕】！　【四ノ太刀《たち》・旋風】！」

「【クインタプルスラッシュ】！」

カスミとサリーが攻撃を加え、マイの姿を取ったソウがさらにダメージを加速させる。

カナデとイズはそれに対応して噴き出る紫の炎からそれぞれ魔法による防御と、アイテムによる回復で全員を保護する。

「背中側ならやりやすい。腕の触れない場所で戦うぞ！」

「そうだね、って言っても、そこまで優しくないみたいだけどっ！」

サリーが上を見ると見覚えのある紫の魔法陣が展開されており、直後、サリー達に大量の炎が降ってくる。

「【火炎の体】！　【守護の輝き】！」

カナデが使った魔法は炎の塊よりも先にテイムモンスターを含めた全員を赤い炎で包み込む。炎属性に対する強力な耐性を得ることができるが、これではサリーは生き残れない。そこでサリー単体にはダメージ無効魔法を使い全員を生存させる。

「助かった！　ありがとうカナデ！」

「大丈夫、まだ対応できるよ」

「回復は私に任せて。攻撃をお願いね！」

そうして攻撃していると悪魔の体勢が崩れる。それはマイとユイによる攻撃が片膝を突かせたためだった。

サリーはその傷ついた足を見ると、おおよそこのモンスターの対処の仕方を理解する。

「カスミ！　私は上に行く！　翼を傷つければ炎も止まるはず！」

「ああ、分かった！」

サリーは空中に足場を作ると、【水の道】の中を一気に背中あたりまで泳いでいく。するとそこには、背中に対して【悪食】を発動させつつ銃弾を撃ち込むメイプルがいた。

「メイプル！　もう戻っちゃったか」

「あ、サリー！　こっち来たんだ！」

サリーは翼を攻撃しに行くことを伝え、メイプルとともに行くことにした。

「【身捧《ささ》ぐ慈愛】！」

「いいの？」

「うん、サリーを守るって言ったでしょ！」

それならダメージを受けてしまわないうちに倒してしまおうと、サリーは意気込みメイプルとともに翼の方へ向かう。

「足場作るよ！　よっ、と、これで！」

メイプルは【救いの手】により宙に盾を浮かべると、翼の周りに配置する。サリーならこれを足場にして上手《うま》く戦ってくれるからだ。

「じゃあ行くよ！」

「うん！」

メイプルの射撃に合わせてサリーが翼の根元から先に向けて水の道を通り抜けつつ斬りつけていく。それを追うように炎が噴き上がるがサリーの速度にはついていけない。翼の周りに伸びる水の柱を泳ぎまわりながら、体を回転させ次々に翼を斬り裂いていく。二本の翼を二人で攻撃して、何とか翼を破壊しようとする。

しかし、そこで今までとは明らかに違う兆候があり、モンスターの体全体から紫の光が発され始める。

「サリー！　こっち！」

サリーは空中の盾を経由してメイプルの元に飛び込み、メイプルはすぐさまシロップを召喚し空中に浮遊する。その直後悪魔の全身が発火し、ギリギリのところで二人はその炎を逃れる。しかし、これはここからが本番だということは二人も分かっていた。この後、空から炎の塊が降ってくるためである。

悪魔が炎を纏《まと》うと同時に咆哮《ほうこう》を上げる。エフェクトとともに近づく音の波は貫通ダメージを発生させ、メイプルはシロップと朧、サリーの分のダメージを一気に受けることとなった。

もう一度【イージス】を使うこともあるかと考えていたメイプルは、盾以外は最も最大ＨＰが増える大天使装備だったものの、それでもＨＰを削りきられて、【不屈の守護者】が発動する。発生源からのあまりの近さに回避ができず、一気にＨＰは危険域に落ちる。それは二人にとって予想外だったようで、いつもは冷静なサリーも驚きを隠せない。

「うぅっ……！」

「【ヒール】！　メイプル、ほらポーション！」

サリーが慌ててメイプルを回復させる中、空からは炎の塊が降ってくる。

避けるにはあまりにも大きく【イージス】は今はない。朧やシロップに庇《かば》わせるなど、サリーはメイプルが倒されない方法を考える。一度目は無効化したため、威力やダメージ範囲も不明、絶対と言える方法はない。

「【超加速】！」

「わわっ！」

サリーが咄嗟《とっさ》にメイプルを抱えて走る中、背後から炎の光が近づくのが分かる。

ダメージフィールドをメイプルに直撃させるわけにはいかないため、サリーが狙うのはギリギリまで引きつけ、メイプルを放り投げて地面の炎上範囲から逃すことだった。メイプルを守れば、サリーはスキルで何とか生き残れる可能性がある。

しかし、その分《ぶ》の悪い賭《か》けに出る直前、ダメージを与えていた両の翼を豪炎と白光が貫き、破壊したかと思うと、それはそのままこちらにやってきて、それぞれ二人を掴《つか》むとギリギリのところで空中へと避難させる。

「ペインさん！」

「ミィ！」

「ああ、ちょうどいいタイミングだったな。しかし、随分弱らせたな。八人でやったとは思えない」

「これなら、総攻撃でいけるかもしれない」

飛んできたのはレイに乗ったペインとイグニスに乗ったミィだった。

二人は特殊モンスターの撃破をギルドメンバーに任せ、こちらに飛んできていたのである。というのも、この大型モンスターは体力を減らすことで定期的に特殊モンスターを生み出しており、特殊モンスターにかかりっきりでもどうしようもないことが分かったからだった。二人は突き出される腕を上手く回避しつつ、飛行して距離を取る。

「あの炎の雨を早く止《や》ませなければ不利になる一方だ。今はまだプレイヤーが残っているが、数が減ればおそらくあれを連打してくる」

「隙ができ次第俺達で頭を狙《ねら》う。二人も構えてくれ」

頭を狙いに行けば今も振るわれている太い腕や魔法陣から放たれる炎は四人を襲うことになるだろう。しかし、どこかでそれをくぐり抜けなければ大きなダメージも見込めない。

メイプルも攻撃に備えて装備を変更し、兵器を展開し、シロップにも【精霊砲】の準備をさせる。しばらく回避を続けていると、再びHPがガクンと減少し、片足を引きずっていた状態だった悪魔は、もう片方の足からも力を失い前に倒れ込み、幾本もある腕を使って体を支える。そこで、再び炎が充填《じゅうてん》されかけるが、ギリギリのところで特殊モンスターから供給されている炎が停止する。ばらけていたドレッド達によって、三度目の炎の雨の直前で、特殊モンスターは狩り尽くされたのだ。

訪れたチャンスを見逃さず、四人は一気に接近する。飛んでくる炎をすり抜けて、それでも伸ばされた腕を避けて、顔のない頭に最接近した所、それぞれが一気に大技を放つ。

「【聖竜の光剣】！」

「【殺戮《さつりく》の豪炎】！」

頭の横をすれ違うようにしてペインとミィが凄《すさ》まじいダメージを与えていく。その直前、レイから飛び降りたサリーはスキルで空中を蹴《け》って正面から近づくと、大きく開かれた口を上に避け、頭部を射程内に捉《とら》える。

「【クインタプルスラッシュ】！」

青いオーラを纏《まと》ったサリーの連撃がボスの頭部を深く斬り裂く。そして、イグニスから飛び降りたメイプルはシロップに移って、そのまま武器を向ける。このタイミングなら他人を巻き込まずに全《すべ》てをぶつけられる。

「【攻撃開始】【毒竜《ヒドラ》】【滲《にじ》み出《で》る混沌《こんとん》】！　シロップ、【精霊砲】！」

ミィの攻撃により燃え、ペインの攻撃により浄化されるようにボロボロとダメージエフェクトを散らせる中、サリーの連撃に追い討ちまでされていたのである。

そこに降り注ぐ大量の銃弾と毒、レーザー。そして最後にメイプルは大盾を構えると、背中の兵器を爆発させた。

「行くよっ……！」

大きく口を開け、メイプルを噛《か》み砕《くだ》かんとする悪魔の口に、こちらも全てを飲み込む大盾を構えて突撃する。メイプルは鋭い牙《きば》に直撃すると、それを全て飲み込んで、そのまま喉《のど》の奥を貫き、大量のダメージエフェクトと共に背中側に転がり出る。

連撃を終えたサリーはちょうどそのメイプルを見つけて抱きかかえると、糸と足場を使いその場を離れる。

「ど、どうなったの⁉」

「ナイスメイプル。ほら」

メイプルが悪魔の方を見ると、ＨＰバーはゼロになっており、紫の炎は徐々に収まっていき、その巨体は光となって消えていった。それと同時に、薄暗かったフィールドは元通りの空を取り戻す。そして、蔓延《はびこ》っていた悪魔型モンスターも全て消えていった。

予想外だったのは撃破したことによって、メダルが得られたことである。

「サリー！　メダルだよメダル！　しかも三枚！」

「ははは……まあ三枚だと割に合わない気もするけど。よかったね」

そんな二人の元に、【楓《かえで》の木】の六人がやってくる。六人も何とか無事だったようで、消耗してはいるが脅威が去って安心したという様子だった。

「おーい、みんなー！　よかったー」

メイプルが六人と合流した所で、ブザーが鳴り、三日目が終了したことが告げられる。

メイプル達は無事に三日間の生存に成功し、また元のフィールドに戻っていくのだった。

◆□◆□◆□◆□◆

イベントが終わり、メダルをどう使うかを考えながら、メイプルとサリーはギルドホームでくつろいでいた。

「ふー、上手くいってよかった！」

「だね。他のギルドとの共闘も結果的に一番いい形になったし、第四回イベントの後でメイプルがフレンドになってからちょくちょく一緒に遊んだりしてたのが上手《うま》く働いたかもね」

「うん、でもびっくりしたー。あんなに大きいモンスターも出るんだね」

「まあ、出ることもあるね。もっと最初から全員で戦わないとどうしようもないっていう巨大ボスも他のゲームにはいたりするよ」

「へー、大変そう……でも皆と協力するのは楽しいかも！」

「そんなボスが出たらメイプルは活躍できるだろうなあ、なんて言ったたって範囲カバーができるし」

「えへへ、あ、でも皆の所に行くのに追いつけないかも」

「兵器での爆破飛行が難しかったら私が背負っていくよー」

「うん、頼もしい！」

「ふふふ、それほどでも」

今回のイベントで二人はスキルなどの交換に必要な十枚というラインを越えてメダルを獲得した。これで再び成長が見込めるというわけだ。

「これでまたスキルが手に入るし、次のイベントにも役立てられるかな」

「次のイベントまでどれくらい？」

「んーどうだろ、数ヶ月かな？　先に八層が来るかもね」

「なるほどー。じゃあさサリー、やりたいことがあるんだけどいい？」

「ん？　いいよ、何？」

「しばらく戦うイベントばっかりだったから、またどこかゆっくり探索したいなーって」

「いいね。今までの層も全部探索できたわけじゃないしなあ」

各層はどれも広大で、様々な隠しイベントや観光スポットと言えるようなエリアが残っていることだろう。イベントや対戦も大事だがこういったことも楽しみの一つと言えた。

サリーはうんうんと頷《うなず》くとしばらくはメイプルと各層を巡ることに決める。

こうしてイベントは終わり、ゆったりとした時間がまた戻ってくるのだった。

◆□◆□◆□◆□◆

イベントを終えて、運営陣は結果を振り返っていた。

「あれ、あれ？　アイツ普通にやられちまったな？」

「そうですね……え、ＨＰを見誤りましたね。あまり高すぎてもと思ったんですが」

マップ全体への超強力攻撃など、中々の殺意を持ったモンスターであり、その巨体から手を出しに行きたいとは思えないのではないか、そうすれば炎の雨の中、プレイヤーを逃げ惑わせられるという考えだったが、ＨＰがある者は殺せる者である。全力で突撃して来られるとそれはそれで巨体が邪魔をして繊細な攻撃ができなかった。

「次回大型モンスターを出すときはまた考えますか……」

「だなあ……もうちょっと攻撃力は下げてＨＰも考えてだな」

こうしてイベントが終わった後も運営陣の試行錯誤は続くのだった。

ショートストーリー集

メイプルとサリーがＮＷＯを始めてすぐの頃《ころ》のお話

◆防御特化とボス予想。◆

メイプルとサリーは二人でボスを倒すためにダンジョンに向かって歩いていた。

「さて、どんなボスがいるかな？　メイプルはどんなボスだと思う？」

「んー……ドラゴン、は別のところにいたし……私あんまりゲームしてないから予想できないかも」

「それもそうか。じゃあこれから少しでも多く色々なものを見ていこう？」

「そうだね！　それがいい！　それで、二人でどんなモンスターだって倒していこうよ！」

メイプルはパッと手を広げて明るい笑顔で提案する。

サリーはそれを見て、ふふっと笑った。

「いいね。油断さえしなければ、きっとメイプルは負けないよ？　いや……油断しても大丈夫だね」

「どういうこと……？　うわっ⁉︎」

背後から跳ねて突撃してきたスライムがクリーンヒットして、メイプルは体勢を崩す。

しかし、メイプルが驚いたくらいで、その実ダメージは全く与えられていなかった。

「よっ、と！　よし、倒した。大丈夫？　メイプル」

「う、うん。ちょっとびっくりしたくらい」

「やっぱり油断しても何とかなるかもね。道中に溢《あふ》れかえっている雑魚《ざこ》の相手ならダメージはなさそうだし」

「でも急にぶつかってこられると心臓に悪いから……確認して行かないと！」

メイプルはキョロキョロと辺りを見渡していく。

「まあ、確認しつつ行くのはいいと思うよ。対応もしやすくなるし」

「観察眼だね、観察眼！」

「そう、なのかな？　じゃあボス相手でも観察眼を発揮して頑張ってね」

「おっけー！　目を見開いて弱点を探すからねー」

メイプルはぐっと目を開くとぱちぱちと瞬きをする。

サリーはそんなメイプルを見て嬉《うれ》しそうにした。

「楽しそうでなによりかな」

「うん！　楽しいよ。誘ってくれてよかったなーって」

「そう言ってくれてよかった。今回も強引に誘ったところあったからさ」

「サリーはゲームやろうって言う時だけ強引になるもんね」

「……まあ、ほら！　一人でやるより二人でやった方が楽しいし、ね？」

「それはそうだけど……いいよー、今回はそれで誤魔化《ごまか》されておいてあげますー」

「あはは……ありがとう」

「えへへ……いいよ、本当に楽しいし！」

そうして二人は時々モンスターを蹴散《けち》らしつつ、時々急いでフィールドを走り抜けていく。話題は尽きず、会話は止《や》むことがなかった。

「サリー、あとどれくらいでボスのいるダンジョンまで着く？」

「あと四分の一ってところかな？　もうすぐ着くから気を引き締めてて」

「おっけー！　……そういえばどんなボスか予想するの終わってなかったね」

「ああ、そんな話あったあった！　そうだなあ、なら私は無難なところで、大きいゴブリンにでもしておこうかな」

「じゃあ私は熊で、頭が三つと腕が六本あるやつで！」

「ええ……もうちょっと無難にいかない？」

「大穴狙《ねら》いでいってみよう？」

何はともあれ、二人はその後も順調に歩みを進めていき、目当てのダンジョンへとたどり着くことができた。

二人の予想、その結果発表は、奥で待ち構えるボスモンスターをその目で見ることでなされるのであった。

◆防御特化と素材集め。◆

メイプルとサリーは、メイプルの新たな装備のために素材を集めているところだった。

先ほどまで、二手に分かれて森の中を駆け回って、それぞれに目的の素材を落とすモンスターを倒そうとしていたのである。

そんな二人はある程度素材を集めきって、話し合っている。

「どう？　メイプル。これくらいで足りると思う？」

「うーん……どうなんだろう？　装備を新しく作ったことがないから、私は必要な量ってよく分からないんだよね」

「それもそうか。じゃあ、少しでも多く集めておこうよ。手持ちの素材が多すぎて困ることってほとんどないと思うしね」

「そうなの？」

「まあ、これだけでインベントリの枠を使い切るってことは絶対ないし、またいつか使うかもしれないからね」

「そっか、あー。あとは売っちゃってもいいし！　私お金あんまり持ってないから」

「それもありだね。で、それを踏まえて、メイプルは素材をもうちょっと集めたいかこれでいいか決めて？」

メイプルはサリーにそう言われて少し考え、答えを出した。

「じゃあもう少し手伝って！」

「ん、了解。そうだね、装備を作るならよりいいものにしたいしね」

「うん！」

「おっけー。ならもう少し素材集めをしよう。私としても、ここは回避の練習になるモンスターが多くてスキルアップできるから、なかなかいいかな」

「サリーすごいよね、私はここのモンスターの動きとか全く分からないよ」

「まあ、流石に私もメイプルのステータスで避けろって言われるとちょっと厳しいけど。メイプルも慣れてきたら次の動きとかが予測できるようになると思うよ」

「本当に？　私もできるようになるかなあ……」

メイプルはぴょんぴょんとステップを踏んで左右に小さく回避行動をとって見せた。

その手に持った大盾や装備が揺れる。

「また練習してみて。きっとその大盾でのガードも上手《うま》くなると思うし……私も教えられることがあったら教えるから」

「うん、やってみるね！」

「なら行こうか。もうちょっと素材集めするんでしょ？」

「そうだね。行こう！　私も一体でも多く倒せるように頑張るから！」

メイプルはそう言って手に持った大盾を突き出して攻撃するそぶりを見せた。

メイプルの攻撃方法として、いわゆるシールドバッシュがあり、それは目的とする素材を落とすモンスターに有効だったのである。

「ある程度狙いをつければ当たると思うから、大まかにモンスターを中心に捉《とら》えるようにすると上手くいきやすいよ」

「了解！　そんな感じでやってみる！」

「よし、茂みをかき分けてモンスターを探そうか」

「いるかなーいるかなー？」

二人は茂みをかき分けて目当てのモンスター、その小さい体を探していく。

「メイプルー！　見つけたら言ってねー」

「サリーも見つけたら教えてねー！」

二人は互いに声をかけつつ、時折雑談に近い会話をしながら捜索を続けていく。

たまに襲ってくる別の雑魚モンスターは二人の敵ではなく、素材集めは順調に進み、やがて終わりを迎えた。

「いやー、サリーありがとう！」

「どうってことないよー、ふふっ」

二人は十分な成果を手に町へと戻っていったのだった。

◆防御特化と観光道中。◆

メイプルとサリーは最初の町で休息を取った。

また体への影響など考える必要がないため食べられる限りのスイーツを食べたりもした。

そうして次は観光だと、フィールドへ飛び出したのである。

「やっぱりはやーい！」

「まあ、メイプルと比べればね」

メイプルはサリーに背負われて移動している。

メイプルはあまりに足が遅いため、こうしなければ観光に費やす時間が残らないのである。

「風が気持ちいいよー！」

「それは良かった。ただ、そうだなあ。いつまでもこの移動方法っていうのも大変だし、何か移動手段を考えないとだね」

「使えそうなものって何かあったっけ？」

「現状移動に使えそうなものは見つけられてないかな……何か実装されるのを待つ感じ」

「私もずっとこうやって運んでもらうのは悪いし、なんとかしたいなあ……」

メイプルが目を閉じて、うーんうーんと考えて一つ思いついたことを話し始める。

「生産職の人に頼んだら何かできないかな？」

「どうだろう？　現状でもリヤカーとかはあるみたいだけど、一部限定アイテムらしいし……そういうものしかまだ作れないんじゃない？」

「そっか……残念」

「あと、あれだ。もし自転車とかが作れるならメイプルと同じくらい足の遅い人は全員それを使うだろうしね。まだそんなことになってないから無理なのかも」

サリーのその言葉に、メイプルは納得したように頷《うなず》いた。

「あー、確かに。私だって自転車があったら絶対使うもん。サリーの言う通りだね」

「ま、今は気にしなくていいよ。私の勘だけど、だいたい移動手段って実装されるから」

「じゃあ、見つけ次第それを使う感じだ！」

「まあ、乗りこなせるものかどうかは分からないけどね」

「え？　どういうこと……？」

「例えば……防御力以外にステータスが必要になるとか。メイプルは防御力以外にはステータスを割り振らないんでしょ？」

「うっ……そっか、そういうこともあるんだよね。うー……でも、でもやっぱり」

メイプルは防御力以外を高める気はほとんどないと言える。最初は攻撃を受けた時に痛くないようにというだけだったが、次第にそこには防御力だけを高めることへの楽しみというものも混じってきていたのである。

「無理に方針を曲げなくていいよ。私はメイプルに楽しんでいてほしいから、そのためなら移動の手助けくらい、ね。メイプルはボス相手に頑張ってくれたりするし……適材適所ってこと」

「ありがとう、でも何か移動手段は探してみる！」

「それはそれでアリだね。いつも私と一緒って訳にもいかないから。でも、のんびりでいいよ」

「うん！　自分のペースで、だね」

「そうそう、っとそろそろ目的地が近づいてきたかな？」

「もう？　やっぱりはやーい！」

「ふふっ、まーね」

二人はフィールドを駆け抜ける。

時折現れるモンスターは魔法とスキルで全《すべ》て蹴散らした。

二人きり、なごやかなその歩みを阻むことができるモンスターはおらず、二人は目的地に向かって一直線に進んでいく。

「綺麗《きれい》な景色《けしき》が待ってるから、楽しみにしててねメイプル」

「分かった！　期待しておくね」

「じゃあ、ラストスパートだ！」

「おー！」

まだ見ぬ景色を想像して、サリーは少しスピードを上げたのだった。

第二回イベントの頃《ころ》のお話

◆防御特化とイベント前。◆

第二回イベント開催の日、メイプルとサリーは町の中のベンチに座って運営からのアナウンスを待っていた。


「いよいよだね。メイプルは、イベントに参加するのは二回目か」

「そうだよ？　前回は何が何だか分からないうちに偶然すごく上手《うま》くいったみたいなんだけど……今回も上手くいくかなあ」

「どうだろうね。メイプルが参加したイベントとはまた違ったタイプのイベントになりそうだし……でもまあ、分からないところで色々やっていくのもそれはそれで楽しいよ」

「確かにそうかもしれない！　それに、今回はサリーもいるし」

「困ったら頼ってくれていいよ？　何でも解決できる訳じゃないけどね」


そう言ってサリーは自信に満ちた表情をメイプルに向ける。


「ふふふ……よろしくお願いします」

「こちらこそ。私が避けられないような攻撃から守ってくれると嬉《うれ》しいかな」

「もちろん！　きっちり守ってみせるよ！」

「頼もしいね。まあ、さっきも言ったけど、どんな場所でどんなことをするか明確に分からないから……そういう場面でメイプルの防御力は役に立つと思うよ」

「……？」

メイプルは意味がよく分かっていないというように首を傾《かし》げる。

「ほら、唐突に奇襲を受けたりしてもメイプルなら大丈夫でしょ？　予想外なことがあっても生き残ることができるっていうのは強いし」

「おー、そっか。そうだね！　うん、じゃあそれで頑張ってサリーも守ってみるってことで」

そうして二人が話しているとイベントの開始時刻が近づいてきた。町を歩き最後の準備をしているのだろうプレイヤーも増えてきており、町はより活気に満ちていく。

「人、増えてきたね」

「そうだねー、ここ以外にもたくさんいるのかな？」

「まあ、いると思うよ。別にこの町で待っていないと駄目ってこともないし……んー」

サリーはぐっと伸びをすると一度深呼吸をした。

「よし。今日もしっかり集中できそう」

「私も気合い入れて集中しないとだね」

「ふふっ、メイプルは自然体でいいよ。その方が動きやすいでしょ？　今までだってそうだったんだし。やりたいことをやりたいように、それで全力で楽しんで」

「……！　うん、そうする！」

「私がやれるだけフォローするから、やっぱりまずはイベントを満喫することだよ」

サリーのアドバイスを聞き入れたメイプルは間近に迫ったイベント、そこで起こるあれこれに想《おも》いを馳《は》せていく。

「ん、メイプル、もう始まるよ。アナウンスちゃんと聞いててね？」

「おっけー、ふー……よーし！　やるぞー……」

メイプルはゆっくりと息を吐いて、期待に満ちた目でもって真っ直《ます》ぐ前を向いた。

町に備え付けられたスピーカーからアナウンスが入り最後の説明がなされていく。

二人はそれをしっかりと聞いて、そして出発直前、互いにちらっとそれぞれの顔を見た。

「じゃあ、行きますか！」

「そうだね。全力でやろう」

二人はそれぞれ期待に溢《あふ》れた笑みを浮かべる。そして、少しして白い光が二人を包み込んでいき、その姿は消えて、イベント専用フィールドへと向かったのだった。

◆防御特化と砂漠へと。◆

それぞれ互いに化けた敵モンスターを倒し無事に合流した二人は、話しながら森の中を歩いていた。

「いやー、本当メイプルも無事でよかったよ。まあ……終わった後のあれこれはあったけど」

「それはサリーがからかったせいだからねー」

メイプルは合流してからサリーが本人確認のために話した、予防接種でメイプルが大泣きしたエピソードのことを思い出していた。メイプルもサリーのあれこれを話したからお互い様だというわけである。

「まあ、そうだね……ん、そうだ。メイプルは今年は予防接種行くの？」

サリーが少し前の話の延長として、メイプルにそんなことを聞く。

するとメイプルはぴたっと固まって目を逸《そ》らした。

「それは……まあ、その、考えておこうかな」

歯切れ悪くそう言うメイプルをサリーは半分呆《あき》れたようにじっと見る。

「な、何？」

「いや、行かないでしょー？」

「……………」

「去年も熱で寝込んでたし行った方がいいとは思うけど……」

去年、サリーがお見舞いに家まで行った時は、メイプルはぐったりとしてベッドに横になっているところだったのである。

これは二人にとって毎年変わらないいつもの光景である。

「うぅ、分かってるけど……現実でも【ＶＩＴ】に振れたらいいのに」

「そんなことしたらドリルでもメイプルに刺さらなくなるんだけど」

「そこまで振る必要は……あるかも」

実際、メイプルのゲーム内での防御力ならドリルなど体で弾き返せることは間違いない。

剣も槍《やり》も斧《おの》もハンマーも、メイプルに当たりはするものの意味をなさないでいる。

メイプルとしてはまだまだ防御力を上げていこうとのびのび頑張っているところだった。

「そろそろ強制的に連れて行かれるんじゃない？」

「えっ！　そんな……」

そう言ったメイプルの顔はどのボスと対面した時よりも暗い表情だった。

「後数ヶ月先だけどね。あったとしても」

「大丈夫……きっと今年も変わらないはず……」

そんなことを話しながら歩いていた二人の前に今までとは違った景色《けしき》が広がる。

それはカラッと乾いた砂が一面を覆い尽くす大きな砂漠だった。

青空の下、風は砂を少し舞い上がらせながら吹き抜けていく。

「おー！　砂漠だ！」

「大きいね。どれくらい広いかな」

「探索しがいがあるんじゃない？」

「そうだね、私もそう思う」

二人は揃《そろ》ってぐっと伸びをすると砂漠への一歩を踏み出した。

「砂丘もたくさんあるし。メイプル、坂になってるから足を取られないように気をつけてね」

「うん、分かった。だいじょ……うわっ！」

大丈夫だと返事をするよりも先に、足下の砂が崩れて、ずるっとメイプルが滑る。

「ちょっ……わっ！」

そしてメイプルは目の前にいたサリーの足を後ろから蹴《け》り飛ばすこととなり、メイプルに重なるようにしてサリーも地面に倒れ込んだ。

「あはは……ごめん」

「別にいいよ、っと砂まみれだ」

サリーはぱっと立ち上がると服についた砂を払っていく。

メイプルもサリーが差し出してくれた手を掴《つか》みながら慎重に立ち上がって、髪についた砂を払い落とした。

「締まらないスタートになったけど、改めて砂漠探索をしにいこっか」

「そうだね！　うん、張り切っていこー！」

こうして二人は目の前の大きな砂漠へと改めて一歩を踏み出したのだった。

◆防御特化と再出発。◆

第二回イベントも無事に終わり、メイプルとサリーはそれぞれに収穫を得ることができた。

次のイベントまではまたいつものフィールドでのんびりとゲームを楽しむこととなる。

二人はイベントが始まる前と同じように町のベンチに座って話していた。

「楽しかったなー、いろんな景色があったし」

「確かにね。まあ、私達は結構頑張って探索してたと思うし、ほぼ全部回ったんじゃない？」

サリーが隣に座っているメイプルの方を見ながらそう言う。

「どうなんだろう？　すっごい広かったし、でも満足するまで回れたかなあ」

「当分は探索系イベントはもういいっていう気分……やっぱり疲れたし」

「そうだねー。いつもモンスターを警戒してないといけないしね」

「メイプルはどっちかというと警戒しなくていい方だよ？」

「そう？」

メイプルが聞き返すとサリーがもちろんそうだと理由を話していく。

「だってメイプルなら奇襲されても問題ないし、背後からハンマーで叩《たた》かれてもびっくりしたで済むのはやっぱり特権だと思うなあ」

「ふふふ……鍛えてますからねー」

メイプルがそう言って笑う。

「鍛えてそうなるなら誰《だれ》もが目指すんだろうけど……まあ、やっぱり防御貫通攻撃はまずいし、その辺りの対策は必要か」

今回のイベントで何度か直面した防御貫通攻撃はメイプルにとって厳しいものだった。

今回は何とかやり過ごすことはできたものの、次もまた上手《うま》くいくとは限らないのである。

「うー……それだよね。絶対貫かれない体を手に入れられないかな？」

「そんなものが手に入ったら、いよいよプレイヤー側を離れると思うんだけど……そもそも大盾をもう少し上手く使えれば大丈夫だし」

メイプルはその圧倒的な防御力に頼りきりなのである。

そのためもあって回避はまともにできず、大盾の使い方も下手《へた》なままだった。

「練習はしてみたけど……まだまだ時間はかかりそうかなあ。難しくて」

「まあ私が言い出したことだけど、そこまで悩む必要はないと思うよ。足りない部分は私が補うし、それに楽しいのが一番！」

サリーがそう言ったことでメイプルも面倒なことを考えるのをやめた。

「とりあえず防御貫通攻撃以外は何とかなるようにもっと防御力を上げるよ！　どこまで上げられ

るかは分からないけど……」

メイプルはそう言って今後の方針を改めて固めた。

もう防御力のみをひたすら高める以外の道をメイプルが意識する必要はないのである。

そもそもメイプルが今後最も強くなるために必要なのは防御力で間違いなかった。

「なら、防御貫通攻撃を防ぐのと……あとは防御力を上げる方法も見つけにいく？」

サリーの提案に賛成して、メイプルはベンチからぴょんと立ち上がる。

探索はしばらくいいと言っていた二人だったが、気づけば次の探索へと向かおうとしていた。

「じゃあ、どこからいく？」

「まずは情報収集かな。メイプルに役立つものを探しにいこう」

「サリーに役立つものもね！」

互いに言葉を交わして、目的地はとりあえず町の中心となった。

二人はこうしてまた歩き始めたのである。

ギルド【楓《かえで》の木】が結成されてからのお話

◆防御特化とキノコ狩り。◆

ある日のこと。今日もまたメイプルはゲームにログインしていた。

特にこれといった目的があったわけではないものの、時間を見つけてはログインしてギルドホームに顔を出しているのである。

「今日は何しようかなー」

ギルドホームの扉を開けて中に入り、そのまま歩きながらメイプルが考えていると声がかかった。

「あ、メイプルちゃん。今日も来たのね」

そう言ってギルドホームの奥から現れたのは、たった今何か作業を終えたといった風なイズである。

「イズさん！　はいっ……あ、でもやることは決めてないですけど」

「それなら少し頼みを聞いてくれるかしら？」

「大丈夫ですよ！　えっと、何をすれば……？」

メイプルがそう聞くと、イズは二層の森の中にあるキノコや薬草、木の実などのアイテム名を伝え、それを採取してきてほしいと言った。

「えっと、特別なスキルとかは……」

「必要ないわ。料理のレシピ解放のために必要なのだけど、麻痺《まひ》を使うモンスターもいて私一人では大変なのよ。もちろん何かお礼はするわ！」

「……！　じゃあ、出来上がったらその料理を食べてみたいです！」

メイプルがそう言うと、イズはそれくらいならお安い御用だと返し、必要なアイテムの見た目が分かるよう、メッセージを使い画像を送信した。

「これですね……よしっ、頑張って見つけてきます！」

メイプルはそれを確認すると、早速ギルドホームを飛び出していく。

「気をつけてね……って大丈夫よね。メイプルちゃんだもの」

イズはそう呟くと、小さく手を振ってメイプルを送り出した。

こうしてギルドホームを出たメイプルは、教えられた場所へ行くために真っ直《ます》ぐに町からフィールドへと歩いていく。そして町の出口にやってきたその時。見覚えのある人物が町の外から戻ってくるのが見えた。

「あ、サリー！」

「ん、メイプル。今日はレベル上げ？」

「えっと、今日はイズさんに頼まれて採取に行く感じ！　サリーも来る？」

メイプルは美味《おい》しい料理も作ってもらえるよ、と笑顔を見せる。

「んー、行こうかな。レベル上げのやる気も出ない日だったし」

「ふふふー、たまにはのんびりしないとだよー？」

「うん、そうだね。で、場所は？」

それを聞いてメイプルはマップを開いて、イズに言われた場所を指差す。それと同時に、集めるアイテムの画像をサリーに見せた。

「えっと、ここ！　そんなに遠くないよ」

「分かった。それならのんびり歩いても時間はかからないかな」

「じゃあ、話しながら歩いていこうよ！」

「うん、いいよ」

二人は次の階層はどうなるだとか、こんなイベントが見つかったらしいだとか、そんな話をしながら歩いていき、目的地に辿《たど》り着いた。

「さてと、あの画像のでいいんだよね？」

「うん！　似たようなアイテムはここにはないからすぐ分かるって！」

「バラバラに探そっか。ここのモンスターは強くないし」

「じゃあ、少ししたら一旦《いったん》ここに集合ね！」

「おっけー」

メイプルは森の入り口に戻ってくるように言うと、森の中へ入っていった。

「私も探さないとね」

サリーもまたメイプルと同じように森の中へと入っていったのだった。


それからしばらく経《た》って、サリーは十分な量のキノコや薬草を手に入れて、一息ついていた。

「そろそろ集合場所に戻ろうかな」

サリーは手に入れたアイテムを確認すると、森の入り口に戻ってくる。

しかし、そこにメイプルはいなかった。サリーはそのままメイプルを待ってみたものの、中々出てこない。

「ちょっと見に行ってみようかな……流石に遅いし。マップに映ってるのだと……」

サリーはマップを見ながら森の中へと戻り、しばらく進んだところで、茂みの向こうからメイプルの声が聞こえてくるのに気づいた。

「よっ……と、メイプルー？　んん？」

茂みをかき分けた先には、紫に赤の斑点《はんてん》の入った見るからに毒を持ったキノコ片手に、二メートル程のキノコ型のモンスターをかじっているメイプルがいた。

「ええ……？」

「むぐっ……んっ。あっ、サリー！　ちょっと待ってね！」

メイプルはそう言うと、麻痺を与える黄色の粉を振りかけられながら、そんなものは関係ないとばかりに地面に置いてあった黒い大盾を拾ってそのまま振り抜き、【悪食】によってモンスターを撃破する。

「ごめんね……他のキノコも見つけて夢中になってた」

「……これから美味しい料理もあるんだから、そんなの食べなくていいでしょ？」

「結構美味しかったよー、ピリピリして」

そう言いながらメイプルは持っていた紫のキノコを口に放り込む。

「それ毒だよね⁉　……私は遠慮しとく」

「多分……でも、現実では食べられないし！　あ。面白い味だよ？」

「楽しんでくれて何よりなのかなあ？　……ま、外では毒キノコも動くキノコも食べられないか」

「それにゲーム内ならお腹いっぱいにもならないし、それに太らなーい！」

メイプルがそう言うと、サリーは食材が集まったことを伝える。

「だからそろそろ変なキノコ狩るのやめて、ちゃんと美味しい料理食べに行こう？　それなら私も食べるから」

「そうだね、私も沢山集めたし！」

「動いてない？　毒もない？」

メイプルが当然というように大きく首を縦に振る。

「つまみ食い……？　なのかな」

「サリーもどう？」

「取ったとしても、そんな風には使わないよ、多分」

そんなことを話しながら二人はイズの待つギルドホームへと帰っていったのだった。


【毒無効】

◆防御特化と装備品。◆

メイプルとサリーは第三回イベントの途中で、町の広場に設置されたベンチに座って、今の装備について話していた。

今二人が身につけているのは、イズが羊毛をメインとして作った装備である。動きにくくはならない程度にもこもことしたデザインになっており、メイプルはぱっと見て分かるくらいに嬉《うれ》しそうだった。

「似合ってるよメイプル」

「そう？　ありがとう！　んー、ずっと装備していたいくらいなんだけどなあ」

メイプルが頭の上のもこもことした帽子に触れながらそんなことを言う。

「防具としての性能はそこまで高くないし、イベントが終わったらもし使いたい時があればっていうくらいかな。あくまでもイベントのための装備だからね」

サリーの装備もメイプルと同様に白色のもこもことしたものである。メイプルとは違って、サリーにはいつもの装備と同じようにマフラーも用意されていた。

「サリーも似合ってるよ！」

「そう？　私はあんまりこういう装備は使ったことなかったからちょっと新鮮かな」

その言葉を聞いてメイプルは少し考え事をする。

「まだそこまで装備は持ってないんだよね。ほとんど黒色の装備でどうにかできちゃうし、強いし……」

「メイプルの場合、あの装備の性能が飛び抜けてるからまあ仕方ないかなあ……でもせっかくだからいろんな装備を試してみるといいと思うよ。楽しいし」

「そうだね！　そうしてみようかなー」

メイプルは町の店にはどんな防具が売っていたかと思い出していた。

メイプルとしては、ゲームだからこそできるような装備が欲しかったのである。

そういう意味では今の装備はぴったりだと言えた。

「それに、逆に考えればもう性能面にこだわり続ける必要がないんだからさ。見た目で選んで強いボスの時だけ変えるとかで大丈夫だと思うよ」

「確かに……じゃあさ、サリーはどこかにいい装備があるか知らない？　こういう感じのかわいい装備！」

そう言ってメイプルは羊毛でできた今の装備を示してみせる。

サリーはそれを聞いて、どこかにそんな装備はあったかと今までに得た情報を思い出してみるものの、ぴったりなものは思いつかなかった。

「うーん、イズさんに頼むのが一番いいとは思うけど……やっぱり自分達で見つけるっていうのも楽しいしね」

「そうそう！」

メイプルがうんうんと頷《うなず》きながら目を輝かせる。

その反応を見たサリーは少し笑いながら、ベンチから立ち上がった。

「それなら掲示板に情報でも確認しに行こうよ。私達が探しているような装備がどこかのダンジョンにあるかもしれないし」

「いいね！　あ、でもイベント中だけど……」

「そんなに気にすることじゃないよ、一番楽しいようにするのがいいの」

サリーがそう言うとメイプルはそれもそうだと頷き、ベンチから立ち上がった。

「じゃあ行こう、えっと……どっちだっけ？」

情報を確認するということをほとんどしていないメイプルは場所が分からなかったのである。

「たまには情報も見てみるといいよ。じゃないと、欲しい装備を見逃しちゃうよ？」

「うっ……そ、そうだね！　確認しないと！」

そう言って、メイプルは大事なことだと改めて思い直す。ただ、メイプルには楽しいことがいくつも目の前に広がっているのだ。

そのため、今後もそれらに次々と目を奪われてしまい、情報を見ることをついつい忘れてしまうのだった。

◆防御特化と二人。◆

クロムとカスミは三層の町を二人で歩いていた。

メイプルを通して繋《つな》がりを得て、二人で探索をすることも多くなっていたのである。三層の町では、空を飛ぶための機械があちこちで売られており、二人ももちろんそれは手に入れている。ただ、特に目的なく町を探索するのであれば、空を飛ぶより歩いた方がやりやすいのである。

「そんなにポンポンとメイプルみたいなスキルは見つからないよなあ……」

「まあ、当たり前といえば当たり前だろう」

二人はそれぞれが知っているメイプルのスキルと、起こした現象を思い出しながら、苦笑いする。

「味方なら頼もしいけどなあ……まあ俺の大盾使いとしての役割は薄くなるけどな」

「私はどちらか選ぶなら、クロムの方がいいと思っているぞ?」

カスミがそんなことを言うと、クロムは少し驚いたようにカスミの方を見る。すると、カスミは悪戯っぽく笑いつつ理由を話した。

「心臓に優しいからな。気が楽だ」

「……そうだな。俺は頭で剣を跳ね返すなんてしない。ってか、できないからな」

「違いないな。そもそも真似《まね》できるものでもないだろう……」

そんなことを話しながら、いくつかクエストを確認してから、二人はレベルを上げるためにフィールドへと向かうことにしたのである。

現在、三層がゲームの最前線であるため、フィールドを歩き回るモンスターも相当強くはあるが、それでもトッププレイヤーであるクロムとカスミなら問題なく狩ることができた。

「飛んでいくか。町の外へ行くならこの方が楽だろ」

「ああそうしよう」

二人はそれぞれ背負うタイプの機械を取り出すと、空へと舞い上がった。

「まさか、シロップの背中に乗ること以外で空を飛ぶことになるとは思わなかったな」

「……あれがイレギュラーだろう」

「そうだろうな……」

そんなことを話していた二人だったが、噂《うわさ》をすればとはよく言ったもので、フィールドへ出て少しすると、遠くに見間違えようのない姿が見えてきた。

空にふわふわと浮かぶ大きな亀である。

そんな特徴的な亀は、メイプルの仲間になったシロップしかいない。

「……メイプルだな」

「私もそう思う。そもそも、他にいないだろう？」

二人は話しかけるために、浮かぶ亀の方まで向かっていく。

機械での飛行の方が速いため、すぐに距離は詰まっていき、亀の背中に乗っている人影が見えてきた。

「……？　あっ！　おーい！」

二人が予想していた通りそこにいたのはメイプルだった。シロップの上でぶんぶんと手を振っているメイプルに二人は近づいていく。

「偶然だな、どうだ？　俺達とちょっとモンスターでも狩りに行かないか？」

「この方向に飛んでいたなら……メイプルもレベル上げが目的だったのだろう？」

クロム達は、この先に経験値を稼ぎやすい場所があることを知っているため、そんなことを言う。

「え？　私はただ散歩……散歩？　してただけだよー。ねーシロップ」

メイプルはそんなことを言ってシロップの甲羅を撫《な》でる。その光景に、二人はらしいなあと思ったのだった。

「でも！　そういうことなら手伝いますっ！」

メイプルはクロムに対してぐっと盾を突き出してやる気を示す。

「お、いいな！　助かる！」

こうして、クロム達は三人で狩りに向かうこととなった。

ただ、シロップがいるからと空を飛ぶ機械を持っていないメイプルに、速度を合わせなければならなかったのは、仕方のないことだった。

「遅くてごめんなさいっ！」

「いや、いいさ」

「ああ、俺も問題ない」

「「メイプルらしいよ」」

「そ、そう？　なのかなあ？」

そんな会話をして、三人は空を飛んでいったのだった。

◆防御特化と物作り。◆

三層のメイプル達のギルドホームでは、奥の方から鉄を叩《たた》く音が小さく響いていた。

メイプルに誘われてメイプルのギルドへと加入したイズは、ギルドホームの中の工房に拠点を移して作業をしていたのである。

工房には鍛冶のための道具や、出来上がった武器や防具の一部が並べられている。イズは今しなくてはならない作業を終えると、道具を片付けて工房から外へ出た。

「ふぅ……頼まれていた武器の修理も終わったし。一休みね」

イズはギルドホームに用意された自分の部屋へ戻り、一人分のコーヒーを作ると椅子に座って一休みする。

イズの部屋にある家具はほぼ全《すべ》て自分で生産したものであり、部屋の端には薬草やポーションの材料となる植物が育てられている。

「しないといけないことは終わったわね……この後はどうしようかしら」

イズはメイプルにギルドに誘われる前から、多くのプレイヤーに修理や武器の生産を依頼されていた。クロムもその一人である。

メイプル達の装備の修理もきっちりとしているため、やることは多くなっていた。

ただ、イズはそれを嬉《うれ》しく思っているのである。

「皆もう今の装備で十分みたいだから……はあ、新しい装備を作ってなんて言われないかしら？」

イズは三層に入ってからは、メイプルとサリーそしてカナデに、さらには新しくギルドに加わった双子のマイとユイにと、短い期間で何度も装備を作ってきた。

人によってはもう十分色々と作っていると思うものもいるだろう。しかしイズの場合は、そのために余計に何かを作りたいという熱が高まっているのである。

「よし！　とりあえず少し休んだ後で何か一つ作りましょう！　性能もそれなりにしておけば、いつか誰かに使って貰《もら》えるわよね！」

イズは名案だというようにポンと手を叩いて、うんうんと頷《うなず》く。作業を終えた後に何かを作りにいくことが、ここ最近のイズの行動パターンだった。

イズはさっとコーヒーを飲み終えると、後片付けをして足取り軽く工房へと戻っていく。

そして、イズは工房内に置かれた、資材を保管するためのチェストを開いたところでぴたっと固まった。

「………………」

チェストの中には既にまともな資材がそこまで残っていなかったのである。修理をする程度なら問題はないが無駄遣いはできないといった量だった。

「うぅ……くぅ……」

イズは何度かチェストを確認するが中身は変わらない。

工房内にはイズが昨日《きのう》嬉しそうに作った豪華な大剣が飾られていた。その隣には一昨日《おととい》作った槍《やり》が立てかけられている。楽しくなって作ってしまったイズだが、このギルドにはそれを装備できるものはいない。

「そうよね……そうだったわね……今後のイベントのことも考えると、今はむしろ素材を集めないといけないのよね」

そうしてイズはかなり残念そうに工房を出ると、足取り重く町の掲示板へと向かっていく。ギルドメンバー以外にも素材集めを依頼するつもりなのである。

「私も素材を集めにフィールドに出ないといけないかもしれないわね……」

残った少ない素材を思い出しながらイズはそう呟《つぶや》くのだった。

四層が実装されてしばらくしてからのお話

◆防御特化と発想。◆

今日も今日とてメイプルは四層の町を回っては、何か新しいスキルがないかと探していた。人力車に乗って足の遅さをカバーしながら目的地へと向かう。

「んー、あっちはダメだし……別の方へいこっと」

こうしてメイプルが情報を集めた結果、今のところ判明しているスキルはメイプルには必要ないか、取得できないものばかりだったのである。

「ステータスが低くても取れるスキルはないのかなあ……むぅ、またフィールドに出てみよう」

四層の町は今までの町よりも広く、探索は中々終わらない。そして勿論《もちろん》、フィールドも探索せずに放っておけるものではないのである。

町の中では【暴虐】が使えないため、メイプルは乗り物に乗って移動しなければならない。

その度にかかる金額も積もり積もれば馬鹿にならない。

「フィールドの方が探索しやすいし！」

メイプルは今日はフィールドへ出ることにして、人力車の行き先を町の入り口に指定する。

「ゴーゴー！　うんうん流石《さすが》の速さだね！」

それ程速いわけではないものの、メイプルが歩くよりは確かに速く、メイプルは町の入り口にたどり着く。

「よーし、どこを探索しようかな！　んん、あれは……」

意気込むメイプルは見覚えのある人物がいることに気づき近づいていく。

「おっ、メイプルか。この前はどーも、どうだ、また成長してる？」

メイプルが見たのは【炎帝ノ国】の剣士のシンである。シンもメイプルに気づいたようで話しかけてきた。

クリスマスの際に【炎帝ノ国】の面々と共に狩りをしてからというもの、両ギルド混じり合って探索もしていたりする。

「んーと、いいスキルが見つからないんです。中々上手《うま》くいかないですね」

「まー、そう上手くいってもらっても困るんだけどな……本格的に勝てなくなるからなぁ」

「ふふふ、でも頑張って強くなります！」

「こっちもリベンジの機会を待って成長中だからな。そう簡単には負けないってね」

「私も負けませんよー！」

二人がしばらく話した後で、シンは【崩剣】を発動させて、剣を宙に浮かぶ小さな剣に変え、レベル上げのためにモンスターを狩り始める。メイプルも流れのままシンと一緒にモンスターを倒していく。

「そのスキル、かっこいいですよね……」

「俺も好きなスキルだな。そう、かっこいいし強い！」

そう言ってシンは浮かぶ剣を操ってモンスターを倒していく。

その姿を見て、メイプルはふと思いついたというようにこんな質問をした。

「その飛んでる剣の上に乗れたりするんですか？」

「は？　いや、まあ、乗れ……るんじゃないの？」

シンは試したことがないためどうともいえないとメイプルに返す。

「私も銃弾とかに乗れたらもっと速く動けるんですよー！　うう……できたらなあ……」

「ははっ、乗れるかは分からないけどなぁ」

そんなことを言いながら、シンは思わぬところで、新たなスキルを取得できるかもしれない発想を得たのだった。

あとがき

ふと目について九巻を手にとってくださった方にははじめまして。既刊から続けて読んでくださっている方には応援し続けてくださったことに深い感謝を。どうも夕蜜柑《ゆうみかん》です。

八巻から時間も経《た》ちまして、TVアニメ放映中となりました。どうでしょうか、楽しんでいただけているのならこれ以上に嬉《うれ》しいことはありません。私がこれといって何かできたわけではないのですが、TVアニメは良いものになっていると自信を持って言えます。メイプルやサリーの魅力や、そこに流れる雰囲気をすごく丁寧に表現していただけており、感謝しかありません。

もし、TVアニメをきっかけに原作にも興味を持っていただけたなら、これもまたとてもありがたいことです。原作、コミック、TVアニメとそれぞれの差異なども楽しんでいただければ幸いです。TVアニメで、声がついてキャラクターが動いている所というものを初めて見ることになった訳ですが、コミックの時とはまた違った感動があったように思います。元は文字だけだったものが、書籍になりイラストがつき、コミックで細かな動きまで絵になって、今はアニメで動いている。ここまで来れたのが本当に不思議で、そしてありがたいと思っています。数ある作品の中で、幾人もの方が応援する作品の一つに本作を選んでくださったこと、これはきっと一生忘れることはないのでしょう。

また、一月にはアンソロジーも発売されました。他の方にメイプル達はどのように見えているのか、そしてどんな風に描かれるのか。元は自分の中だけにあった作品をそれぞれで表現してくれるのはとても面白くて、またとない体験でした。参加してくださった方ごとで、キャラクターへの解釈がほとんど同じだったり、また少しだけ違っていたり。こういうところを楽しめるのがアンソロジーのいい点だと感じました。こちらもよければ手にとってみてくれればと。

といったところで、今回は締めさせていただきたいと思います。
TVアニメも、コミックも、もちろん原作も今度ともよろしくお願いいたします！

どんどんと話は大きくなっていきますが。
私は私のできることを続けたいと思います。
そんな『防振り』のこれからをよければ応援していただければと。
そして、いつかの十巻でお会いできる日を楽しみにしています！

夕蜜柑

ショートストーリー集　初出

防御特化とボス予想。…………1巻アニメイト店舗特典
防御特化と素材集め。…………1巻ゲーマーズ店舗特典
防御特化と観光道中。…………1巻とらのあな店舗特典
防御特化とイベント前。………2巻ゲーマーズ店舗特典
防御特化と砂漠へと。…………2巻アニメイト店舗特典
防御特化と再出発。……………2巻とらのあな店舗特典
防御特化とキノコ狩り。………自分の異世界を見つけよう！　フェア　食欲の秋
防御特化と装備品。……………3巻ゲーマーズ店舗特典
防御特化と二人。………………3巻アニメイト店舗特典
防御特化と物作り。……………3巻とらのあな店舗特典
防御特化と発想。………………5巻ＴＳＵＴＡＹＡ店舗特典

カドカワBOOKS

痛《いた》いのは嫌《いや》なので防御力《ぼうぎょりょく》に極振《きょくふ》りしたいと思《おも》います。9

2020年3月10日　初版発行

著者／夕蜜柑《ゆうみかん》

発行者／三坂泰二

発行／株式会社KADOKAWA

〒102-8177
東京都千代田区富士見2-13-3
電話／0570-002-301（ナビダイヤル）

編集／カドカワBOOKS編集部

印刷所／旭印刷

製本所／本間製本

本書の無断複製（コピー、スキャン、デジタル化等）並びに
無断複製物の譲渡及び配信は、著作権法上での例外を除き禁じられています。
また、本書を代行業者等の第三者に依頼して複製する行為は、
たとえ個人や家庭内での利用であっても一切認められておりません。

※定価（または価格）はカバーに表示してあります。

●お問い合わせ
https://www.kadokawa.co.jp/（「お問い合わせ」へお進みください）
※内容によっては、お答えできない場合があります。
※サポートは日本国内のみとさせていただきます。
※Japanese text only

©Yuumikan, Koin 2020
Printed in Japan
ISBN 978-4-04-073118-6 C0093

新文芸宣言

かつて「知」と「美」は特権階級の所有物でした。

15世紀、グーテンベルクが発明した活版印刷技術は、特権階級から「知」と「美」を解放し、ルネサンスや宗教改革を導きました。市民革命や産業革命も、大衆に「知」と「美」が広まらなければ起こりえませんでした。人間は、本を読むことにより、自由と平等を獲得していったのです。

21世紀、インターネット技術により、第二の「知」と「美」の解放が起こりました。一部の選ばれた才能を持つ者だけが文章や絵、映像を発表できる時代は終わり、誰もがネット上で自己表現を出来る時代がやってきました。

UGC（ユーザージェネレイテッドコンテンツ）の波は、今世界を席巻しています。UGCから生まれた小説は、一般大衆からの批評を取り込みながら内容を充実させて行きます。受け手と送り手の情報の交換によって、UGCは量的な評価を獲得し、爆発的にその数を増やしているのです。

こうしたUGCから生まれた小説群を、私たちは「新文芸」と名付けました。

新文芸は、インターネットによる新しい「知」と「美」の形です。

2015年10月10日
井上伸一郎

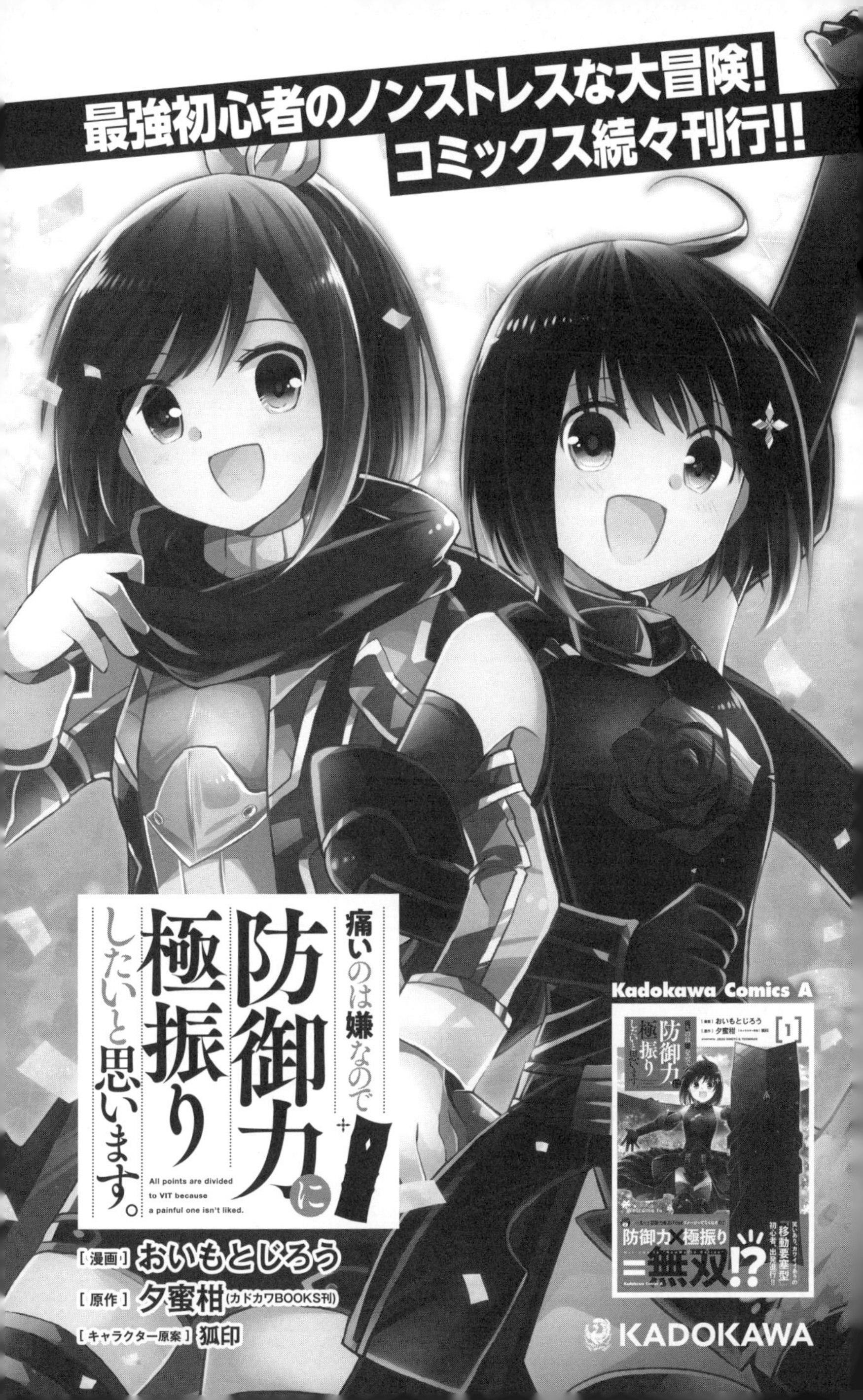

最強初心者のノンストレスな大冒険！
コミックス続々刊行!!
痛いのは嫌なので防御力に極振りしたいと思います。
All points are divided to VIT because a painful one isn't liked.
［漫画］おいもとじろう
［原作］夕蜜柑(カドカワBOOKS刊)
［キャラクター原案］狐印
Kadokawa Comics A
防御力×極振り
＝無双!?
KADOKAWA

電撃コミックスNEXT